蒲公英《たんぽぽ》草紙

常野物語

恩田　陸

集英社文庫

目次

蒲公英草紙《たんぽぽそうし》

常野物語《とこのものがたり》

一、窓辺の記憶

いつの世も、新しいものは船の漕《こ》ぎだす海原に似ているように思います。新しい、という言葉にいつも人々は何を求めているのでしょうか。ぴかぴか光るその大海原を、若者たちは顔を紅潮させ期待に満ちた瞳《ひとみ》で見つめ、今にも勇んで飛び込みかねぬ様子。中には手近にある小舟ですぐに漕ぎだす者もいます。一方、その後ろで見守る年寄りは不安や畏《おそ》れの色を滲《にじ》ませて身体《からだ》を縮めています。自分の持っている、今まで使ってきた船で航海をすることができるかどうか思案しております。それでも、何か大きなものが海の向こうにあるという予感を感じている点では両者とも同じでございます。遠い水平線から寄せてくる浜辺の白い波のように、足元にその気配を感じているのですね。

あの頃の私は、そんな予感を感じていたのでしょうか。何か大きなうねりが将来自分を飲み込むことを知っていたのでしょうか。確かに知っているひともいました――あの奇跡のような目をしたむすめや、その家族たちは。それはかつての私には全く無縁の世界に思えました。あの当時、福沢諭吉先生や一部の偉い方たちが、新しい世紀を迎える催しを盛大に開かれたことを覚えております。皆が二十世紀という新しい世紀に何かが変わるような期待を抱《いだ》いていましたけれど、私たちには陛下の御世《みよ》というずっと昔から馴染《なじ》んできた立派な暦があるのですから、西洋の大きくて白くて不思議な言葉を話す人たちのにゅう・せんちゅりぃなるものが私たちに何の関係があるのでしょう。そんなふうに思っておりました。

このところ、私の記憶はいつもあの日々に還って参ります。新しい世紀を自分とは違う世界のことと感じていた日々、最も温かく幸せだった日々の記憶です。

私は日記を付けておりました――先生に勧められ、お父様からも綴方《つづりかた》の稽古《けいこ》になると言われて付け始めたものでございます。あのよもぎ色の帳面を思い出すと、私はぽかぽかした、懐かしく柔らかいものに身体が包まれるのを感じます。

私はいつも暗い窓辺からお隣のお屋敷を眺めておりました。お隣のお屋敷と我が家との間には小さな丘がございました。丘とも呼べるかどうかわからぬ小山、築山《つきやま》のようなぽこんと優しい形をしていて、春には小さな野花が咲きます。柔らかな黄色のたんぽぽに、薄い紋白蝶《もんしろちょう》が戯れるさまを、新たな春が来る度にその窓から眺めておりました。

小学校に上がる春、お父様から帳面をいただいた私は、改まった面持ちで窓辺に立ち、しっかりお勉強をして世の中の役に立つ人間になりたいと考えたのを覚えています。その日も窓の外の丘には麗《うら》らかな光が降り注いで、愛らしいたんぽぽがすくすくと群れ咲いていました。その時、私はこの日記に名前を付けることにしたのです。なぜそんなことを思い付いたのか、今でもよく分かりません。『御伽草子《おとぎぞうし》』や『枕草子《まくらのそうし》』を知ったのはずっと後のことだと思うのですが、どこかでその名を漏れ聞いて知らず知らずのうちに背伸びをしていたのかもしれません。

たんぽぽそうし。ふっとその名前を思い付いた瞬間を、この歳《とし》になっても思い出すことがあります。あの麗らかな春の午後、暗い家の中から窓の外を眺めていた幼い頃の私を。

『蒲公英草紙《たんぽぽそうし》』は随分長い間私を支えてくれました。髪が伸び背が伸びて、お友達やお裁縫に割く時間が増えていくと、暫《しばら》く開かないこともありました。けれど、何かの折、一人になりたい時が訪れると、再びそれを開くことになるのでした。

自分が幸せであった時期は、その時には分かりません。こうして振り返ってみて初めて、ああ、あの時がそうだったのだと気付くものです。人生は夥《おびただ》しい石ころを拾い、背負っていくようなものです。数え切れぬほど多くの季節を経たあとで、疲れた手で籠《かご》を降ろし、これまでに拾った石ころを掘り起こしていると、拾った石ころのうちの幾つかが小さな宝石のように輝いているのを発見するのです。そしてあの幾つかの季節、あのお屋敷で過ごした季節が私にとってその宝石だったのです。

私はつい最近も、長い夜のあとの夜明けの夢に聡子《さとこ》お嬢様の声を聞きました。初めて私に話しかけた時と全く変わりません。綿飴《わたあめ》のように軽く柔らかくお優しい声です。峰子さん、きっと聡子と一緒にりぼんをつけて女学校に行きましょうね。

初めて聡子お嬢様に会った時のことは今でも鮮明です。こんなお人形のような顔をしたひとがこの世にいるのか、となんとなく空恐ろしくなり、対面しているうちにどきどきして、顔が熱くなってきたものです。

記憶の中のものごとを整理するのは思ったよりもむつかしゅうございます。頭の中では順序だてて思い出したいと考えているのに、すぐにあちこちに思いが飛んでしまいます。

私の郷里は県の南部、山を越えればすぐに福島という場所にございます。ゆったりした阿武隈川《あぶくまがわ》沿いにゆるやかな平野が広がっていて、小高い丘に登れば、早くに開けた集落と、整然と整えられた水田が屋敷林の塊《かたまり》を越えて一望できます。雪も少なく天候も安定しておりますから、比較的余裕のある農村地帯であったと言えましょう。槙村《まきむら》の集落と言えば、県内では知られたところでございます。それというのも、集落の名称にもなっている大地主の槙村家と言えば古くから続く名家だからです。ただ古いだけでなく、代々優れた人材を輩出しておられます。村の用水路や道路の整備も、当主の手で何代にも亘《わた》って続けられ、学校や公会堂も槙村家の財力で建てられています。

私が聡子お嬢様のお話相手としてお屋敷に上がっておりました時の旦那様《だんなさま》は、確か槙村家十七代目の当主でいらっしゃったと記憶しております。立派な髭《ひげ》を生やした大柄な方で、見た目にはたいそう厳《いか》めしい雰囲気の方なのですが、笑うと幼子のようななんとも言えぬ愛嬌《あいきょう》がおありになるのです。お仕事ではたいへん怖い方だと伺いましたが、私たちにはいつも気さくに声を掛けてくださり、槙村家は旦那様を中心にほっこりと大きな明るい光を放っているように見えたものです。

奥様は若松の商家のご出身で、幼い頃を東京で過ごされたと聞いております。これがまた旦那様に負けず劣らず泰然とされていて、私たちの目から見てもどこか垢抜《あかぬ》けてきっぷのよいひとでした。くっきりとした目鼻が印象的な、こちらの心の中にぱっと真正面から飛び込んでくる美しさ、とでも申しましょうか。誰もが認めるほどお綺麗なのに、それが余計な詮索《せんさく》や嫉《そね》みを相手に催させないのです。どこか殿方のような、潔くおおらかなものを感じさせる方でございました。旦那様とは十歳ほども離れてらしたそうですが、お二人でいらっしゃるさまはあまり歳の差を感じさせず、ピッタリと息の合ったご様子に、子供心にもあのような連れ合いを得られたらさぞかし幸せだろう、と憧《あこが》れたものです。

槙村のお屋敷は、川の貫く集落を見下ろせる小高い丘の上にございます。幾つも山を持っていらっしゃるうちの一つ、なだらかな丘全体がお屋敷の一部なのです。槙村家を訪ねる客人は、丘を囲む小川に渡された石の橋を通り、小さな祠《ほこら》を右手に見て、幾重にも丘を囲む雑木林の中の道を登ります。梅、桜、欅《けやき》、櫟《くぬぎ》、柿《かき》、栗《くり》、いちじく、桃。春には花が咲き乱れ、収穫の時期であれば使用人たちが総出ではさみを動かしているのが見られます。どっしりとした蔵が並び、作業小屋や鶏小屋、小さな池のそばの石造りのあずまやが目に入ると、坂の上に堂々とした銀杏《いちょう》の木が三本並んで立っているのが見えて参ります。

銀杏の陰に、鐘を吊《つる》した柱が寄り添うように立っております。半分に割った丸太を螺《ら》旋状《せんじょう》に柱に差し込んだのを階段にして、てっぺんから垂らした縄につかまって登れるようになっています。何か変事が起きた時に柱の上から集落を見下ろして鐘を鳴らせるようになっているのです。もっとも、祖母から聞いた話では昔大水が出た時に一度だけ鳴らしたことがあるらしいのですが。そして、銀杏の向こうに母屋の門が見えて参ります。どっしりとした平屋建ての母屋は、代々増改築を繰り返して迷路のようになっています。一番最近に、旦那様と先代とで建てたのは、はいからな二階建ての洋館です。『天聴館』、という名前が付いていて、真鍮《しんちゅう》のどあのぶが付いた玄関の上に立派な額が飾ってあります。一階はほーるになっていて、ここで音楽会を開くのだそうです。

私の記憶の中のお屋敷は、いつもたくさんの人たちが出入りしていました。とにかく、人のざわめきで賑《にぎ》やかなのです。犬や猫もたくさんいましたし、胸を反らした立派なおんどりが虫を突つきながら前庭や雑木林を横切っていました。

お屋敷の玄関はいつもひっきりなしに誰かがやってきてお辞儀しています。控えの間はまるで駅の待合場のようです。品物を持ってきた呉服屋さん、洋装の時計屋さん、やたら咳払《せきばら》いして威張っている警官、新しいお菓子を持ってきた和菓子屋のご主人、遊説《ゆうぜい》中の議員の先生、などなどあらゆる人たちがここに来ているように思えます。それを、奥様や使用人の頭《かしら》の太っちょの亥兵衛《いへえ》さん、女中頭のおよねさんが次々と捌《さば》いてゆきます。

出入りの人たちだけではありません。とにかくお屋敷にはお客様が多いのです。普段でも四、五人の客人がおられます。親戚《しんせき》なのかと思っていたら、旦那様のお友達のご家族だとか、かつてのご学友の仕事仲間だとか、何やら遺跡を発掘中の学習院の先生だとか、不思議な方たちがいつも屯《たむろ》していて、何やら混沌《こんとん》とした華やかな雰囲気があるのです。何か村で厄介ごとが起きた時は、まず村長さんはお屋敷に出かけてゆきます。何か新しいものが村に入ってきた時も、まずお屋敷に紹介されます。いつでもお屋敷は村の中心だったのです。

私は、お屋敷の敷地のすぐそばに住んでいました。代々槙村家の土地を借りているのです。中島家はかつては藩医を務めていたようで、祖父の代にこの槙村に引っ越してきたそうです。その頃槙村家とどういう約束がなされたのかは知りませんが、このお屋敷のある『三本銀杏の丘』の一部を借り受けたのです。祖父はここに医院を開き、今では父があとを継いでおります。槙村家のかかりつけの医師でもあります。父は中肉中背の静かな人でした。とても真面目《まじめ》で、私はよちよち歩きの幼い頃からほとんど父の笑う顔を見たことがありません。道を歩いていても、近くで遊んでいる子供の顔を見ると「裸足《はだし》で遊んじゃいかん。拾ったものを食べちゃいかん。家に帰ったら手を洗いなさい。おうちの人にもそう言うんだよ」と厳かに言うのです。近所の子供たちは父を見ると「いかん先生じゃ」とすたこら逃げ出すようになったほどです。母は優しいけれども心配性で、何かと小言を言うのが不満でした。二人の兄は、父のあとを継ぐために勉学に励んでいました。上の雅彦兄様は東京の医学校に行って留守にしていて、二番目の兄の秀彦兄様は私の三つ上で中学に通っていました。雅彦兄様は父にそっくりの真面目な秀才でしたが、秀彦兄様はあまり勉学は好きではないと見えて「父上のあとは雅彦兄が継げばじゅうぶんだ」と時々愚痴をこぼしておりました。私は、勉強ができて生真面目な兄よりも、少々気が弱いけれど、にこにこ優しく私の話をよく聞いてくれるこの秀彦兄様の方が好きでございました。「秀彦兄様は何になるの？」と聞くと「内緒だけれど、東京に行って文学をやりたいなァ」と言うのです。秀彦兄様は詩歌やお話が好きで、お屋敷に出入りしていた大学生や先生から「文學界」や「早稲田文学」といった雑誌をこっそり借りては読んでいました。私にも読んで聞かせてくれたのですが、まだ十かそこらの私にはちんぷんかんぷんに決まっています。でも、兄が一人で夢中になって顔を紅潮させながら熱心に読んでくれるので、じっと正座をして我慢しながら聞いておりました。正直言って、目を真ん丸にして唾《つば》を飛ばしながら読んでいる兄の顔を見ている方がよほど面白かったのですが。兄はひとしきり熱心に朗読したあとで、ふと真顔になり、今度は急にしょんぼりするのです。「でも、父上は許してくれないだろうな。そうだ、峰子、お前が父上のあとを継げばよいんだ」兄は名案を思い付いたようにそう言いました。「とんでもない。お父様は兄様たち二人があとを継ぐのを楽しみになさってるのに」私があきれると、兄は一人で頷《うなず》きながら言うのです。「これからは女もどんどん勉強して男と同じ仕事をする時代さ。峰子なら大丈夫だよ。僕が思うに、うちのきょうだいで一番医者に向いてるのはお前だよ」今にして思えば、しょっちゅう父と母に勉強のことをがみがみ言われるのにほとほと参っていたのでしょう。小さい頃から何かにつけて雅彦兄様と比べられて、私もなんとなく気の毒に思っていました。
自分の将来。それはまだまだ遠いことのように思えました。たんぽぽの綿毛が風に運ばれていく未来。それがどんなものかは見当もつきませんでした。

私の家は、槙村のお屋敷の裏手にございました。明治の初めに建てたもので、和洋折衷の造りです。住まいの日本家屋とは渡り廊下で洋風建築の診療所と繋《つな》がっておりました。遠くから見ると、医院の部分の緑色の切妻屋根が竹林の中にのぞいてみえて、外に遊びに行った時はあそこがおうちだと目印にしておりました。その、昼間でも薄暗い渡り廊下には、住居部分との境界のようにいつも花台《かだい》が置いてあって、藍染《あいぞ》めの布を敷いたところに一輪挿しが載せてあります。生けられるのは小さな赤い菊だったり、鮮やかなつゆくさだったり、四季折々の庭の花です。花が好きだった母の手で欠かさず整えられておりました。渡り廊下の窓辺には、小さな椅子《いす》が並べておいてありました。ここが私のお気に入りの場所だったのです。時々は秀彦兄様も隣に座って宿題を教えてくれましたが、いつもは私一人で窓の外を見ていました。渡り廊下を隔てて、おうちは母の世界。和裁を教えていた母のところには、きょとんとした目の若いむすめさんたちがよく通ってきていました。ころころと笑うむすめさんたちの声。針を運びながら交わされる、他愛のない噂話《うわさばなし》。そして、硝子戸《がらすど》の向こうはお父様の世界。急に病人が運びこまれたりすると、そこはざわざわと殺気だった世界に一変します。顔の赤い看護婦さんが、茶色の薬瓶を持ってそこここを駆け回り、お父様の真剣な声が硝子越しに聞こえて参ります。お部屋にいるよりも、私はあの場所が好きでした。確実に世界と繋がっているけれども、誰も入ってこない私だけの小さな窓辺。そこから見えるたんぽぽの丘。

漠然とした不安は、いつも丘の向こうにありました。声高に寄り合う男の人たち。世の中はきなくさく、何か殺伐としたものが遠いところから押し寄せてきていました。

清国《しんこく》との戦争は、海の彼方《かなた》の国々がすぐ近くまで来て我が日本の一挙一動を見張っていることを知らしめました。小さな半島を巡って、どろどろしたやりとりが続いています。ろしあが、いぎりすが、と皆いきりたって拳《こぶし》を振り上げているのを見ると、女たちは一様におどおどと表情を失います。なぜわざわざ海を越え、よその国に行って戦争をしなければならないのでしょう。なぜ人のうちの物を欲しがることにもっともな理屈を付けて偉そうに叫ぶのでしょう。外国の脅威を語る人たちがいる一方で、労働者が、資本家が、社会主義が、と何やらその三つの言葉が組み合わせを変えてあちこちで叫ばれていました。かと思えば汚職に、猟奇的殺人に、と次々と懲りずに衆目を集めるような騒ぎが湧《わ》いてでます。

世界は私たちの与《あずか》り知らぬところで、たくさんの馬に引かれて一斉に走りだしていました。馬はますます増える一方だし、行こうとする方向もまちまちで、激しい砂ぼこりを上げ、走りながらぶつかりあって傷を負い、血が吹き出しています。自分が傷ついていることに気付かぬ人もいるし、横を走りながら他人の傷口に手を突っ込もうとしている人もいるのです。たんぽぽの丘の向こうに出入りする熱っぽい男の人たちを見る度に、私はざらざらした胸騒ぎを感じていたような気がいたします。

お屋敷に上がる前から、そこにお屋敷という世界があることは知っていました。誰もがお屋敷のことを話題にしておりましたし、実際私の家の窓から見えるたんぽぽの丘の向こうはお屋敷なのですから。集落の人たちのお屋敷に対する羨望《せんぼう》や尊敬の念は、ずいぶん幼い頃から感じ取っていました。

私が窓辺でぼうっとしていると、突然、こつんと窓に小石がぶつけられます。びくっとして外を見ると何も見えません。

気のせいかと思ってまた座り直すと、今度はびちゃっと窓硝子の鼻先に大きな蛙《かえる》が叩《たた》きつけられ、私はきゃーっと悲鳴を上げて窓から逃げ出します。渡り廊下の隅っこで泣きべそをかいていると、窓の外からにゅっと太い眉《まゆ》と大きな目が飛び出して、大きな声で叫びます。

「本当にねこは臆病《おくびょう》だなあ。いつもそんなところでぼうっとしてるとネズミに引かれるぞ」

この少年とだけは、お屋敷に上がる前から言葉を交わしていました。というよりも、いつも一方的に現れて私に意地悪をするので、泣かされてばかりいたのです。槇村廣隆《ひろたか》様です。廣隆様は秀彦兄様ととても仲がよく、いつも一緒に遊んでいましたので、最初はお屋敷の子供だとは知りませんでした。他のお子様はあまりよその子供たちと遊ばなかったからです。

お屋敷には、五人のお子様がいらっしゃると聞いていました。長女の貴子《たかこ》様は気品のある顔だちですが、どことなくつんと澄ましておられます。身なりなどにはたいへんうるさく、私がお屋敷に上がるようになる頃には女学校に通っておられましたが、その頃の流行《はや》りの海老茶《えびちゃ》の袴《はかま》に、まだ高価で手に入りにくかった桜色のりぼんを髪に結んでいて、周囲のむすめたちが皆憧れたものです。続いて長男の清隆様。物腰柔らかくとても聡明な方で、お母様似のくっきりした目鼻立ち。こちらも近所のむすめたちの憧れの的です。そして、次男の廣隆様。やんちゃで——それも些《いささ》か乱暴に近く、大人たちも手を焼いていました。いつも元気に駆け回り、はっきり物を言う方です。彼は旦那様によく似ています。その下に三男の光隆様。おっとりとして素直なお坊っちゃま。そして、次女で末っ子の聡子様。

「聡子様は生まれつき心の臓が弱い。お気の毒だが、恐らく成人するまで生きられまい」

父が母にぼそぼそと呟《つぶや》いていたのを覚えております。お屋敷の一番下のお嬢様が、身体が弱いということは知っておりました。夜中に急な熱を出し、喘息《ぜんそく》の発作を起こしては父が起きだしていくということが度々あったからです。その度に「聡子様が」「今度はひどい」「三日熱が下がらない」と囁《ささや》く声が耳に入りました。大人のひそひそ声は、かえって子供の注意を引くものです。そんな話を何度も聞くにつれ、私の頭の中には勝手に聡子様の姿が形作られていきました。青白く痩《や》せ細った、神経質そうな辛気くさいむすめ、という像です。一日中家の中で寝ているなんて大変だなあとは思いましたが、それ以上の興味はありませんでした。

ところが、いつも両親の間で交わされる「聡子様が」という囁きに、最近「峰子は」「峰子を」という言葉が混ざるではありませんか。私はぎくりとして両親の会話に耳をそばだてました。私がどうしたというのでしょう。ひょっとして、私も何かの病気なのでしょうか。

ある日、とうとうお父様が私を呼びました。私はどきどきしながらお父様のところに行きました。ところが、お父様から聞いた話は思いがけないものでした。

「お屋敷に行って、聡子様のお相手をしてさしあげてくれないか」

私は全く考えてもいないことだったのでびっくりしました。

「聡子様は、生まれつき身体がとても弱くて、学校に行ったり遠出をしたりすることができない。本人はとても利発な方で、学校へ行ってよその子供たちと話をしたがっているけれど、それもなかなかむつかしい。最近は容体も安定してきているので、余計お淋《さび》しいのだ。おまえは聡子様の一つ年下だから、同年輩だし近所に住んでいる。だから、おまえが学校で習っていることを教えてさしあげたり、お話相手になってあげなさい」

私は当惑しました。私に人を教えることなどできるでしょうか。そんな神経質なお嬢様の相手など務まるでしょうか。そう正直に申し上げると、お父様は珍しく柔らかな表情で笑いました。

「大丈夫だよ。勉強の方は、清隆様が教えてくれているそうだ。おまえは専らお話をしたり、聡子様のお身体に障らない程度に遊んでいればよいのだよ。とにかく、ものごころついた時からほとんど外に出たことがないので、聡子様には一人もお友達がいらっしゃらない。そのことを聡子様はとても残念がっておられる。それに、聡子様は身体は弱いけれど、とても明るくて気持ちのいい方だ」

私は少し気が楽になり、お父様の期待に応《こた》えたいという気持ちでいっぱいになりました。お屋敷の中を覗《のぞ》いてみたいという好奇心があったのも事実です。しかし、そこで私は重大な問題があったことに気が付きました。

廣隆様です。お屋敷に行けば、真っ先に廣隆様にいじめられるに決まっています。

「あのー」

私はもじもじしました。今までされたことを思い出すだけでも憂鬱《ゆううつ》になります。着物の袂《たもと》に小さな蛇を入れられたり、わざと泥の水溜《みずた》まりでハネをかけられたり。お使いで持っていた風呂敷包みを取り上げられて木のうろに隠されてしまい、日が暮れるまで泣きながら探したこともありました。

「なんだね？」

私が断るなどと露ほども思っていないお父様の顔を見ると、その先が言えなくなりました。お屋敷のお坊っちゃまにいじめられるから嫌だなんて、とても言えません。

「いつから行けばよろしいのですか」

考えているのとは全然違う質問が口から出ていました。父はホッとしたような表情になりました。きっと旦那様から頼まれていたことなのでしょう。

「じゃあ、私から奥様に伝えておくから、明日学校が終わったらお屋敷に寄って奥様を訪ねなさい。とりあえず、週に二日くらい通ってくれればよい。お嬢様の具合をよく見て、咳がひどくなるようだったら、しげさんを呼ぶように。峰子、しっかり頼んだよ」

私は複雑な気分で「はい」と返事をしました。

その日のことははっきりと覚えております。

暖かい春の午後でした。ゆったりと時間が流れ、学校から帰る畔道《あぜみち》は柔らかく田圃《たんぼ》の上に浮かんでいるように見えます。けれど、そんな気持ちの良い午後を楽しむゆとりもなく、私はお屋敷への道を急いでいました。学校が終わってから一目散にやってきたのです。それというのも、廣隆様に会わないようにという一心からでした。中学校が終わって帰ってくるまでにはまだ時間があります。もしかすると、兄と遊んでから帰ってくるのかもしれません。聡子様にご挨拶《あいさつ》をして、お屋敷を出るまで帰ってこないかもしれないと期待していたのです。子供の足には、三本銀杏の門まではかなりの距離がありました。こっこっこっ、と鶏が首を突き出しながら道を横切っていきます。

どっしりした門の前に立つと、急に足がすくんできました。今日に限って玄関先には誰の姿もありません。しんと静まり返った三和土《たたき》が、いかめしく恐ろしいものに見えてきます。

風呂敷包みを胸に抱えて恐る恐る歩いていくと、ふと誰かが背中に近付いたような気配を感じました。と、急におさげをぐいっと引っ張られたのです。

「いたっ」

頭に弾《はじ》けるような痛みを感じたとたん、何かがおさげに巻き付けられ、だらりと頭が重くなりました。なんだろうこれは？　後ろにいた誰かの気配がすっと離れていきます。

「痛い」

顔をしかめて後ろを振り返ると、廣隆様が笑いながら駆けていくではありませんか。ぎょっとして頭に手をやると、おさげに縄が結びつけられています。その縄がずっと遠くまで地面の上を延びているのが目に入ったとたん、わんわんと激しく犬の吠《ほ》える恐ろしげな声がこちらに近付いてきたのです。

「歓迎！　歓迎！　シロもねこを歓迎してるぞ！」

大きな声が聞こえてきて、私の目の前が真っ暗になりました。大きな、いかにも強そうな犬が私目掛けて走ってくるのです。しかも、その犬の足には縄が結わえつけられているではありませんか。そして、その縄は私のおさげと繋がっているのです！

私は逃げようとしましたが、たちまち犬が迫ってきて吠えかかります。怖いなんてものじゃありません。ざわっと背中が暖かくなり、髪の毛が逆立ち、視界は涙で歪《ゆが》みました。いやだ、いやだ、二度とお屋敷なんか来るものか。病気のお嬢様なんて私の知ったことか。なんでこんな目に遭わされなきゃならないんだろう。私はむちゃくちゃに腕を振り回し、しきりに噛《か》みつこうとする犬を避け続けていました。ひどい！　お母様！　顔に犬の湿った獰猛《どうもう》な息がかかります。歯がちくちくと腕に当たり、爪《つめ》が着物に引っ掛かります。

「シロ！」

その時、稲妻のような声が飛んできました。

私はハッとしましたが、驚いたことに私にまとわりついていた犬もびくっとして私から離れました。

門の外から、紺の袴を穿《は》いて学帽をかぶった、すらりとした少年がつかつかと下駄の音も高く歩いてきました。犬は今までの荒い息が嘘《うそ》のように尻尾《しっぽ》を巻いて地面に伏せ、落ち着きのない様子で土に鼻をすりつけています。縄におさげが引っ張られて、私は顔をしかめました。

「シロ、おやめ。お客様に失礼なことをするんじゃない」

シロと呼ばれた犬は申し訳なさそうにしきりに鼻を地面にすりつけます。

私は涙で顔をくしゃくしゃにしたままその少年を見上げました。が、次にはびっくりしてその顔をまじまじと見つめました。色白ですっきりと通った鼻、くっきりとした二重まぶたの美しい顔。時々見掛ける奥様そっくりです。これが清隆様に違いない。なんてお綺麗な坊っちゃまなのでしょう。私は怖さも忘れて清隆様の顔に見入りました。

「おやまあ、なんてひどい。廣隆！　おまえ、よくもこんな乱暴な真似《まね》を」

清隆様はあきれたように呟くと私に近寄り、さっとしゃがんで私のおさげに結わえられた縄を外してくださいました。続いて、犬の足の結び目もほどきにかかります。

「シロもこれでは気分が悪かったろう。廣隆！」

清隆様は目元を赤くすると、怖い顔をして顔を上げました。私はびくっとします。

「そこにいるんだろ？　分かってるぞ。降りてこい」

清隆様の視線の先を見ると、門のところの花を終えたばかりの桜の木の葉ががさっと揺れました。上の方の枝がしなり、しぶしぶといった表情で廣隆様が降りてきました。

「謝りなさい。こんな小さな女の子に犬をけしかけるなんて卑怯《ひきょう》だぞ」

「歓迎しただけだよっ」

廣隆様はふてくされたようにぴゅっと小石を投げて寄越しました。こつんと私の手の甲にぶつかり、私はまた鼻の奥がつんと痛くなり、涙が込み上げてくるのを感じました。

「廣隆っ！」

たちまち廣隆様は門の外に駆け出して姿が見えなくなりました。

「全くしようのない奴《やつ》だ。あとでお母様にうんと叱《しか》ってもらわなくちゃあ。君、済まなかったね。弟を許してやってくれたまえ。で、誰に御用なの？」

清隆様は私の前にもう一度しゃがみました。私は答えようとしましたが、自分では普通に喋《しゃべ》っているつもりなのにしゃくりあげてしまって言葉になりません。

「奥様——奥様に——聡子様の——」

こらえようとしても、ぼろぼろ涙が流れ出してきます。清隆様は嫌な顔もせずに涼しい目ではんかちを取り出し、私の顔を拭《ぬぐ》ってくれましたが、そのうち、ああ、と納得したように私の顔を見ました。

「中島先生のところのお嬢さんだね。聡子の相手をしに来てくれたんだろう」

「はい」

ようやく私は大きく頷いて顔をごしごしと手でこすりました。

「そうかそうか。本当に済まないね、せっかく来てくれたのに。聡子も楽しみにしていたんだよ。これじゃあ二度とうちに来てくれなくなっちゃうじゃないか。ね、弟にはきつく言っておくから、ちゃんとこれからも来ておくれよ」

清隆様は私の気持ちを見抜いたように念を押しました。その時は二度とこんなところ来るもんかという顔をしていたのでしょう。私の抱えていた風呂敷包みを取り上げて、すっと私の手を引いて玄関に連れていってくれたのです。冷たくて、大きくて綺麗な手でした。

「誰か！　誰かいないかい？　お母様を呼んでくれないか。中島先生のお嬢さんが聡子に会いに来てくれたよ」

「あら、お早いね」

奥の方から艶《つや》やかなよく通る声が聞こえてきました。奥様の声だとすぐに分かります。私は必死に顔をこすりました。こんな泣き顔では恥ずかしかったからです。

淡い紫の着物を着た奥様が玄関に現れると、薄暗い三和土がぱっと明るくなりました。本当に清隆様にそっくりです。黒目の大きな、涼しげな目は私を見るとちょっとびっくりした顔になりました。

「峰子さんだね？　よく来てくださいました。どうなすったの、そのお顔は？」

「廣隆がシロをけしかけたんだよ。ひどい奴だ。逃げていったけど」

「まあっ」

奥様は本気で腹を立てたようでした。怒ると目元がほんのり赤くなるところも清隆様と同じです。

「あとでうんとお仕置してやるよ。失礼しましたね、峰子さん。どうにも乱暴者で——あら、でも」

奥様は玄関にかがみこみ、私の肩をつかんでその大きな目で私の顔をのぞきこむとクスリと笑いました。

「廣隆も隅に置けないね。こんな可愛いお嬢さんが現れたんじゃ、ちょっかいを出したくなるのも無理はないけれど。さあ、機嫌を直して上がってちょうだい。聡子もさっきから待ち兼ねているのよ。清隆も一緒に来ておやつを召し上がれ。風月堂のお菓子をいただいたのよ」

よく磨かれた長い廊下を歩いていくうちに、私は舞い上がっていました。奥様に、清隆様。普段とはあまりにも違う、洗練された美しい世界です。ここは別世界。上等な世界。

「聡子、入りますよ」

廊下の奥の襖越《ふすまご》しに奥様が声を掛け、すっと襖を開けました。

一段高いところにしつらえられた洋風の寝床にいたおかっぱ頭の少女がぱっとこちらを振り返りました。

「峰子さん？　峰子さんなのね？」

その瞬間の印象をなんと表現したらよいのでしょう。その少女の顔からさっと光が射してきたとでもいうような、今まで感じたことのない驚きと心の震えを感じたのです。

それが聡子お嬢様との出会いでした。そして、それはその幸福な季節に出会う不思議な人達との、最初の出会いでもあったのです。

二、お屋敷の人々

「もし、お嬢さん、そこの紐《ひも》を引っ張ってくれんかネ？」

突然、頭の上から声が降ってきたので私はぎょっとしました。

ふと、目の前を見ると確かに太い紐がぶらさがっています。

私は紐をつかもうとする前にそっと空を見上げました。

お屋敷は、当時の私にとっては広い世界の入口でした。今でも、青い銀杏《いちょう》の葉を前方に見上げながら、胸をどきどきさせて足早に坂を登っていた時の気持ちが甦《よみがえ》ります。

それは、お屋敷に通うようになって、三回目か四回目だったでしょうか。そう呼び止められて麗《うら》らかな陽射しに目をしょぼしょぼさせて銀杏の木を見上げると、逆光の中に、どうやら一人の老人が樹上に登っているらしいのが目に入ったのです。

「早く、早く。うむむ、いかん、もう風が吹いてきてしまったぞ！」

私は声につられ、慌てて目の前の紐をぐいっと両手で引っ張りました。

ごうっと風が吹いてきて、地面の砂を吹き上げます。

私は思わず目をつぶりました。上の方で、何か重いものがゆらっと動いたような気がしました。

「あぶないッ、右によけろッ」

声のままにぱっと反射的に飛びのくと、上から何やら板の塊《かたまり》のようなものがバラバラと地面に落ちてきて、がらんがらんとけたたましい音を立てて辺りに散らばります。

「おお、わしの風車《ふうしゃ》がッ」

「きゃーっ」

上の方でぱっと黒い影が木から離れたのです。落ちる！　私は目を覆いました。

からん、と板が足元に落ちました。つかのまの沈黙。恐る恐る目を開けると、銀杏の幹の中ほどに、命綱を付けた立派な髭《ひげ》の、洋装の老人がぶらさがっているのでした。

「風車が、風車が」

老人は地面に散乱している板の方に夢中で、自分が幹の上から宙吊《ちゅうづ》りになっている状況にも頓着《とんじゃく》していない様子。

「何事ですっ」

奥様の声が玄関の方から聞こえ、あちこちから使用人たちが「なんの音じゃ」とぞろぞろ門の前に出てきました。

「池端《いけはた》先生、どうなすったんですっ。峰子さん、お怪我《けが》は？」

板切れの残骸《ざんがい》の中に立ち尽くしている私を見つけると、奥様は真っ青になって飛んできました。宙吊りの老人はようやく自分がどういう状態か気付いたようです。

「おお、はつ子さんか。すまんすまん。うまくいくはずだったんだが」

「何がうまくいくんですか。新吉さん、先生を下ろしてさしあげて」

目を丸くして遠巻きにしている使用人の中から一番屈強そうな、濃い眉毛《まゆげ》が額の真ん中で繋《つな》がっている中年男がひょこっと出てきました。真面目《まじめ》な顔を装っているものの、こういう事態に慣れているのかどことなく笑いを嚙《か》み殺しているようです。

「せんせ、今日は空でも飛ぶつもりだったんですかわ。おい、鉄さん、裏から梯子《はしご》持ってきてけさい」

若い坊主頭の男がすたすた納屋に向かいます。老人は拳《こぶし》を振り上げて騒ぎます。

「むむ、わしを愚弄《ぐろう》しておるな。わしの考えがおぬしらに分かるものかっ。ここは坂の上の吹き曝《さら》しで、三本銀杏の上はいつも風の通り道になっておる。わしの炯眼《けいがん》はここにある。ここに風車を設置すればお屋敷に自力で電気を供給することが出来るはずなのじゃっ。佐田介石翁《さだかいせきおう》を知らぬか？　石油らんぷなぞに頼っているわけにはいかん。空気は汚れ健康を損ない、知らず知らずのうちに列強の輸入品の奴隷になりさがり、余計な資源を消耗し本来蓄えるべき国益の」

「せんせ、お静かに。命綱に古い縄を使われましたな。切れかかっとります」

新吉さんという男がとんとんと老人の肩を叩《たた》くと、老人はぎょっとしたように上を見上げ、急におとなしくなり口を噤《つぐ》みました。若い男が持ってきた梯子をしっかりと銀杏の幹に立て掛けると、彼は若い男に梯子を押さえるように手招きしました。

「せんせ、何を作ろうとなさったかはよう分かりませんが、古い木ぎれの寄せ集めはおよしになった方がいいです。思わぬ力を加えた時に壊れるし、木っぱが飛ぶとわらしの目なんか簡単に潰《つぶ》れます。何か作る時は後生ですから、おれでも誰でもいいから一言相談してけさい。材料も融通しますから。確かにここはいつも風が強いですが、おれは幹の上の方に重い風車を吊《つる》したら、いつもは木がよけていた風の力が風車に余計にかかって、風車が回るより先に木が折れると思います」

男は穏やかな表情ながら、どこか凄味《すごみ》のある真面目な声で頼みました。老人はぐっと詰まったように顔を赤くしたり青くしたりしています。奥様はその言葉を聞いて、改めてゾッとしたような顔で私の顔を見るとぎゅっと肩を引き寄せました。

「おお、怖い。とんでもない。先生、本当にこんなあぶない真似《まね》はこれっきりにしてくださいましよ。主人には内緒にしておきますから」

ほんの少し前までは勇ましく拳を振り回していたのに、『主人』という言葉を聞いたとたん老人は目に見えてションボリしました。私はなんとなく気の毒になりましたが、やがて、この池端先生がションボリするのは旦那様《だんなさま》や奥様に叱《しか》られたその時だけで、何日か経てば懲りずにその立派なかいぜる髭をぴんとさせ、一心不乱にさまざまな発明を繰り返すのを目にすることになるのでした。

椎《しい》名馨《なかおる》様に会ったのは、池端先生に初めてお目にかかってからすぐのことだったと思います。

ある日、聡子様のお薬の時間に当たってしまったことがありました。聡子様は時々急に熱を出したり、咳《せき》が止まらなくなったりすることがあるそうで、その日私が訪ねた時は朝から微熱があって、お薬を飲んで安静にされていたのです。私は帰ろうとしましたが、どうしても聡子様が少し話がしたいとおっしゃるので、申し訳ないけれども容体が落ち着くまで少し待っていてくれないか、といつも聡子様の世話をしているしげさんという若い女の人に頼まれて、私は縁側で一人綾取《あやと》りをしておりました。縁側には『きなこ』という雄猫と『しじみ』という子猫が仲良く丸まって昼寝をしています。どちらも光隆様が付けた名前で、文字どおりうずくまって眠っている姿が、色合いや形が黄な粉餅《もち》と蜆貝《しじみがい》に似ているところから付けられたのだそうです。確かにぽかぽかした縁側に『きなこ』が丸まっているところは、黄な粉をはたいたあとのぽってりしたお餅に見えないこともありません。なんだか『きなこ』っておいしそうだなあ、あの白い背中にかぶりついたらどんな味がするのかしらんなどと不届きなことを考えていると、坪庭の山茶花《さざんか》の茂《しげ》みの向こう側で、何やら人が動いている気配がするのです。私は最初の日に犬をけしかけられて以来、人の気配には敏感になっていたので全身を強張《こわば》らせて耳を澄ませました。

廣隆様では？

「イヤ、君、そう怖い顔をしないで。そのまま、そのまま。綾取りを続けてくれよ」

のんびりした声が聞こえてきて、山茶花の向こうでヒラヒラと手が振られました。私がそれでも息を詰めてジッと山茶花を見つめていると、「やれやれ」と若い男性が茂みの向こうに立ち上がりました。手には黒い短い棒のようなものと、大きな帳面を持っています。眉も目も細く、笑っているような優しい顔ですが、どことなくだらしのないような感じもします。髪は耳元まで柔らかく伸びていて、白いしゃつとずぼんという姿がとてもさまになっていて、一瞬西洋のひとかと思ったほどです。

「ホラ、これは君だよ」

その人は山茶花の茂みを回ってこちらにやってくると、手にした帳面を見せてくれました。

確かにそこには私がいました。縁側に座って綾取りをしているおさげ髪の着物の女の子。横には『きなこ』と『しじみ』も描かれています。私はびっくりして何も言えませんでした。その絵は、私がそれまでに知っていた絵とは違っていたからです。私の周りにあんな絵を描く人はいませんでした。なんと言えばよいのでしょう、怖いくらいに本物みたいでした。黒いあっさりした線だけで描かれているにもかかわらず、絵から立ち上がって飛び出してくるような。その時はまだ、椎名様が東京美術学校を出て洋行され、洋画を学んだ方だとは知りませんでしたので、こんな不思議なものをすいすいと描いてしまわれるこのお方はなんてすごいのだろうという気持ちで一杯でした。

「椎名さん！　なぜこんなところにいらっしゃるのですか。犬塚先生とのお約束はどうなされたのです？　肖像画の下絵を作るはずでは？」

縁側の奥からどすんどすんと足音を立てて新太郎さんがやってきました。伊藤新太郎さんは、槙村の外れの方の農家の四男で、とても勉学が出来るので、旦那様がお金を出して、ここで旦那様の書生をしながら師範学校に通われているのです。短く切り揃《そろ》えた硬い髪の毛がつんつんと立っていて、私はいつも新太郎さんの一本気で真面目な性格がその髪の毛に現れているような気がするのでした。

「ちぇっ。君は旦那様の書生だろう。僕のすけじゅうるまで構ってくれなくて結構だよ」

椎名さんは面倒な奴《やつ》に会ったという顔で肩をすくめます。

「旦那様は椎名さんのことを大変心配しておいでです。ああもう、犬塚先生とのお約束に三十分も遅れている！　先生は大変お忙しい方なのですよ。わざわざ椎名さんの腕を見込んで、旦那様を通して注文してくだすったのに。旦那様の顔を潰すおつもりですか」

新太郎さんは頭から湯気を立てて、廊下の奥の玄関の柱時計にせわしなく目をやっています。その様子を横目に、椎名様は鼻をふくらませ私を振り返りました。

「ふん。僕はああいうふんぞりかえった議員先生は好かないんだ。ここで日本の無垢《むく》なる少女の美を鑑賞している方がよっぽどましさ。君、初めて見るけどどこの子だい？　良かったら僕のもでるをしてみないかね？　君だったらあのどじすん先生もさぞかし――」

「椎名さんつうおひとはここかね」

玄関の方で誰かが大声で叫びます。どうやら肖像画を頼んでいた先生というのは気の短い方のようで、彼を迎えに来た車夫のようです。

「おっと、向こうから来ちまったようだ」

「椎名さん！　どこにいらっしゃるんです」

帳面を抱えて逃げ出す椎名さんを新太郎さんが追いかけます。たちまち二人の姿はどこかに見えなくなりました。玄関ではまた新たなお客が来たらしく、甲高《かんだか》い女の声が聞こえます。

「椎名さぁん！　どうか馨さんを呼んでけさい。国分町《こくぶんちょう》のミヨ子が、先月のぶんと今月のぶん、併せて二か月ぶんをいただきに参りましたよう」

こんなふうに、椎名様という方はサッと現れてはサッと消え、いつも誰かが椎名様を探していたような気がいたします。

当時お屋敷には二、三日の滞在などを含めれば入れ替わり立ち替わり大勢の方がいらっしゃいましたが、私が知っている間では池端先生と椎名様がほとんど住み着いていらしたように思えます。そして、もう一人、私がお屋敷に出入りするようになってすぐにやってきた方が印象に残っております。いつも静かにしていらして、ほとんど言葉を交わしたこともなかったのですが。

その方はある春の日の夕方、旦那様がそっと何かから守るように連れていらっしゃいました。鼠色《ねずみいろ》のぼろぼろの着物をまとい、ひどく疲れ切ったようにとぼとぼと歩いてお屋敷に入ってきましたので、さぞ年寄りなのかと思ってその顔を見ると、まだ少年の面影を残している若い男のひとではありませんか。けれど、枯れ木のように痩《や》せ細って、顔には長い歳月を経たような苦渋の色がくっきりと刻みこまれています。何かよほどつらいことがあったのか、ひどい病気でもなさったのだろうかと、迎えに出た奥様たちも遠巻きに見ておられます。なのに、不思議なことに、この方にはみすぼらしさや汚らしいところが微塵《みじん》もありませんでした。そう感じたのは私だけではなかったらしく、いつも新しいお客様が見えた時に無表情を装いつつ密《ひそ》かに値踏みをしている使用人たちの顔にも、いったいどういう出自の方なのだろうという不思議そうな色が浮かんでいたような気がします。

次にお屋敷を訪ねた時、私はお屋敷の丘のふもとに、じっと川の方を眺めながら立っている、こざっぱりとした清々《すがすが》しい青年を見ました。それが先日旦那様に連れられてきたあの人だと気付いたのは、聡子様にその話をした時です。

「まあ、すっかり見違えましたわ。あの方は何をなさっているのですか？　どこかのお坊様なのですか？」

私が尋ねると、聡子様は切り揃えられた黒い髪をさらさらと振って否定なさいました。

「いいえ。お父様のお話では、あの方は仏師なのですって」

「ぶっし？」

「仏様を彫るんですって」

「ああ、なるほど。そうなんですか」

「なんでも、まだお若いのにたいへん苦労をなさっているんですって。生まれて間もなくお寺の前に捨てられていて、小僧さんとしてお寺を手伝っているうちに、周りの山の木ぎれや石にいつのまにか仏様を彫るようになって、それがあまりにも素晴らしい仏様なのでいろいろな方が仏様を彫ってくれと頼みに来るようになったんですって」

「へえー。じゃあなぜあんな悲しそうな顔をなさってるんですか？」

私は丘のふもとに立っていたあの方の姿を思い浮かべました。仏様を彫るひとというよりも、あの方じしんが仏様のように思えます。

「さあ。そこまでは分からないのですけど。お父様がおっしゃるには、最近、木や石の中に仏様が見つからなくなってしまったんだそうです」

「仏様が見つからない？　木や石の中に？　どういうことでしょう」

私たちは首をひねりました。当時の私たちには、あの方が悩み苦しんでいたことなど到底理解を超えていたのです。そして、私は聡子様が、あの方のことを語る時にきらきらと熱心な瞳《ひとみ》になることにも気付いていなかったのです。


聡子様。

今でもそう呟《つぶや》くと過去に引き戻されます。あっという間に、その名前を呼んでいた頃のおさげ髪の幼い自分になることができます。

いまだかつてあんなにきらきらしい、後光が射しているような方は見たことがありません。こちらが女を名乗るのが恥ずかしくなるほどお美しい清隆様でさえ、聡子様の隣に並んでいるとごく普通に見えるのです。聡子様はとても華奢《きやしや》で小柄な少女なのに、そこにいるだけで特別なのです。極端な話、私には内側から光を放っていたようにすら思えます。

　なんといっても印象的だったのはその目です。鋭いというのではないのですが、誰もが向き合ったとたんに、その奥にある全てを見透かされているような靭《つよ》さに打たれるのです。黒目の大きな目には一点の曇りもありません。聡子様の靭さは、うまく言えないのですが、『正しい』感じがしました。揺るぎのない、混じりけのない『正しさ』が聡子様の中に一本の芯《しん》のように通っていたような気がするのです。その頃の私は、世の中という舞台で武器や道具のようにふりかざされる『正しさ』のうさん臭さに気付き始めておりました。声高に叫ばれる『正義』の脆《もろ》さと欺瞞《ぎまん》に不安を覚えていたのです。世界が私たちの手の届かぬ速さで動き始めていたあの時代、今にして思えばお屋敷の方々も聡子様の『正しさ』を信じていたような気がします。病弱で外出もできないようなあの小さな女の子が、お屋敷の中心だったように思えるのです。

　実際、旦那様も奥様も清隆様も、それはそれは聡子様を可愛がっていらっしゃいました。いつもお忙しい旦那様も、必ず一日に一度は聡子様の顔を見にいらっしゃいます。何度かお見掛けしたことがございますが、あのいかめしい旦那様が聡子様の顔を見ると「聡子や」と目尻を下げて、別人のようにめろめろなのです。けれど、誰もがそんなふうに宝物のように扱っていらっしゃるのに、聡子様には甘やかされた子供にありがちな傲慢《ごうまん》さや、病弱な子供が思いどおりに動けぬために起こす癇癪《かんしゃく》のようなものが全くありませんでした。そして何より、その名の通りあの方はとても聡明でした。

こんな場面を思い出します——あるぽかぽかと暖かい晩春の昼下がりでした。

その日、聡子様はとても体調が良く、縁側まで出て私と一緒に日向《ひなた》ぼっこを楽しんでおられました。坪庭のところにも伸びやかな季節のお日様の匂《にお》いが溢《あふ》れ、ちらちらと紋《もん》白蝶《しろちょう》も舞っています。聡子様は楽しそうに紋白蝶に向かって手を差し出し、小さな掌《てのひら》で白く輝かせる陽射しの手触りを確かめているように見えました。その無邪気に手をすっと伸ばされたご様子に、ああ、このひとは本当にずっと家の中でその人生のほとんどを過ごしてきたんだなあ、と改めて実感したことを覚えております。

そこへひょっこりと椎名様が現れました。

「おお、聡子様、今日は随分とご機嫌がよろしいようですね」

椎名様も、今日は誰にも追われていない様子で、ご機嫌です。

「ええ、椎名様。なんだかとっても気持ちがいいのです。隣に峰子さんはいらっしゃるし、ちょうちょは飛んでいるし、椎名様にもお目にかかれるし、聡子はいい気持ちです」

聡子様はにっこりと笑いながら歌うように答えました。椎名様は天を仰いでハハハと愉快そうに笑います。

「あはは、僕はちょうちょと同じ扱いですか。うん、聡子様にならば僕はちっとも構いませんよ。あっそうだ、前からお願いしてましたよね、良かったら今、僕に聡子様の絵を描かせてくださいよ。旦那様にも聡子様の肖像画を是非にとおおせつかってたんですが、なかなかその機会がなくて。よし、こいつはいいちゃんすだ」

椎名様はぽんと手を打ってあっというまに廊下の奥に消えました。すぐに戻ってきたと思ったら、手には大きな帳面と黒い炭を握っておられます。

「あっ、よろしいんですよ、そのままで。好きなようになさっててください。あれ、いいんだよ、峰子さんもそのまま一緒にお喋《しゃべ》りしてていいのに」

私がそうっと聡子様の隣から離れたので、椎名様は私を制するように掌を向けました。

「でも、聡子様をお描きになるのでしょう？　私がいたら邪魔じゃないですか。それに、私、よろしければ椎名様が聡子様の絵を描いているところを見たいのです」

「おやおや、そんなのはお安い御用だけどね」

椎名様は受け答えしつつも、目は既に聡子様の姿をなぞり、素早く左右に視線を走らせて、もう帳面の上で手を動かしておられます。私はどきどきしながら椎名様の隣に少し離れてぺたんと座り、そっとその手元を覗《のぞ》きこみました。

本当に魔法のようです。なんて早いのでしょう——たちまち迷いのない線が白い紙の上に一人の少女の輪郭を形作ってゆきます。あっというまに聡子様の目が鼻が、細い手が生き物のように浮かび上がってきます。私は息を止めて、椎名様の手の動きを見逃すまいとじっと帳面の上を見つめていました。

「肖像画を描く時はね、その人のいろいろな表情や手の動きなどを、何度も何度もぽうずを変えて下描きするんだよ。一枚の肖像画を仕上げるのに、何十枚も素描をして、一番良い形を決めるんだ」

私の視線を耳で受け止めているかのように椎名様は早口に呟きました。口調は柔らかですが、何気なくその横顔を見上げた私はハッと息を飲みました。あまりにも普段のおどけた様子と違って真剣で、青白く見えたからです。何より、目が全然違います。聡子様をひたと見据え、聡子様の内側にあるもの全てを引きずり出そうとしているかのような、鋭く厳しい目なのです。

「聡子様、ちょっと掌を上に向けていただけますか?」

椎名様はもう笑みも忘れて絵に夢中です。聡子様に手の位置をいろいろと指図しながら、次々と何枚もの絵を描いていくので、見ているこちらの方が目が回りそうです。瞬《また》く間に何枚もの絵が出来上がってゆきました。椎名様がふうっとため息をついて手を休めると、聡子様もずっと御覧になりたいのを我慢していたのでしょう、目をきらきらさせてこちらに寄ってきて、両手を縁側について熱心に絵を見ていらっしゃいます。

「いかがです、聡子様。僕が思うに、聡子様の肖像画は椅子《いす》に座ったしゃちほこばったものより、こんなふうに光の中で蝶と戯れているような動きのあるものにしたいと考えているんですよ。その方がずっと貴女《あなた》にふさわしい」

椎名様はまんざらでもないご様子で自分の絵を見回しながらおっしゃいました。

「なあ、君もそう思うだろ？　そんなとこでこっそり見てないでこっちに来たらどうだ」

私と聡子様は驚いて坪庭の方を見ました。

ぎょっとしたように立ち上がる影があります。

聡子様が顔を輝かせました。

「永慶《えいけい》様」

「も、申し訳ございません。決してそんなつもりでは。わたくしは、ここで草取りを」

口ごもり、顔を赤らめているのは、あの若い仏師です。そうして顔を赤らめていると、随分とまた最初の印象よりも若く見えました。この方は、旦那様のお客人だというのに「このほうが分相応ですから」と、いつも使用人に混ざって掃除や力仕事をなさっているので、奥様が「主人にあたしが叱られてしまいます」と困ってらっしゃるそうなのです。実際、今もずっと草むしりをしていらしたと見えて、指先は土に染まっていましたし、手に持った籠《かご》にはかなりの草が入っているようでした。

「まあ、永慶様」

聡子様があきれたように声を上げました。

「また、そのようなことをなさって。あんなにお母様がお願いしましたのに」

若い仏師はますます恐縮しておられます。

「わたくしは——元々は寺の小僧ですから——こうして身体《からだ》を動かしている方が落ち着くのです」

ようやく口を開いて低い声でそれだけおっしゃいました。

椎名様はふんと鼻で笑いました。永慶様はびくっと肩を震わせ、真っ赤になって俯《うつむ》いてしまいました。

「永慶様、椎名様が聡子を描いてくださったんです。ね、見てください、すごいでしょう」

聡子様は励ますような明るい声で永慶様を手招きして、縁側に広げてある絵に両手を広げてみせました。やはり永慶様も御覧になりたかったのでしょう、釣り込まれるように縁側に近寄ってこられました。

「——これが西洋画というものなのですね」

思わず感きわまったように言葉を漏らし、熱心に御覧になっておられます。それまではにかんだ表情が見る見るうちに研ぎ澄まされた真剣なまなざしに変わってゆくのを、椎名様がじっと見つめています。

「ふうん。さすが、いっぱしの仏師の目をしてるじゃないか」

永慶様はハッとして椎名様を振り返りました。

「そんな男が、なんでこんなところで草取りなんかしてるんだろうね」

椎名様は再び木炭を手に握り、帳面の上で走らせながら吐き捨てるように呟きました。

「まあ、僕も君に偉いことを言えた義理じゃない。所詮《しょせん》同じ穴のむじなかもしれないがね——どうだい、ここで君も聡子様を描いてみないかい？」

聡子様に目をやったままそうおっしゃると、永慶様は見る見るうちに青ざめました。

「わたくしは——わたくしはもう——」

消え入りそうな声にかぶせるように、椎名様は堅い声で続けます。

「めったにお目にかかれない旦那様のお嬢様だよ。君、この聡子様を目の前にして描かずにいられるのかい？　さんざん仏を彫らされて、年寄りにあがめられてるうちにおまえさん自身の絵心をなくしちまったんだろう？」

「まあ、永慶様に聡子を描いていただけるなんて、お父様もきっと喜びます」

聡子様は二人の間のぎくしゃくしたものを振り払うように、一生懸命はしゃいだ声をあげ、永慶様に微笑《ほほえ》みかけておられます。

永慶様は唇を一文字に結んで、青ざめた顔のままじっと自分の足元を御覧になっていました。聡子様はハラハラしながら心配そうにその横顔を見つめています。

やがて、永慶様は決心したように顔を上げると、「手を洗って参ります」と短く言って素早く立ち去りました。

椎名様は表情を変えずにてきぱきと絵を描き続けています。暫《しばら》くして、筆と墨入れと紙を持った永慶様が早足にやってきて、椎名様の斜め後ろに腰を下ろしました。椎名様は振り返りもしません。私は邪魔にならないよう、そっと立ち上がってお二人の後ろに立ちました。

永慶様は、庭に立っていたおどおどした青年とは別人のようでした。先程椎名様の絵を見つめていた時のような、研ぎ澄まされた横顔が冷たい光を放っているかのようです。けれど、椎名様がどちらかと言えば攻撃的な雰囲気なのに比べて、永慶様はどことなく祈るような表情なのが印象的でした。

聡子様はお二人に真正面から見つめられて、些《いささ》か緊張した面持ちで座っていらっしゃいます。

永慶様は小さく合掌してから筆を手に取りました。

お二人の描き方も対照的でした。椎名様は相変わらず凄い早さで木炭を走らせていらっしゃいますし、永慶様はきちんと膝《ひざ》に手を揃え、じっと何かを納得するまで聡子様を御覧になってから一筆一筆丁寧に筆を入れてゆかれます。

「僕はね、日本画というものが嫌いなんだよ」

独り言のように椎名様が呟きました。永慶様も聡子様もハッとしたように椎名様の顔を見ます。椎名様は絵に集中したままで言葉を続けました。

「いや、嫌いになったと言うべきかな——僕の祖父は絵が好きでね、素晴らしい日本画をたくさん集めていた。僕は祖父に絵の見方を教えてもらったんだよ。でも、うちの親父はとんでもない俗物でね。金儲《かねもう》けしか頭にない男なのさ。僕が絵をやりたいと言ったら、ごくつぶしのろくでなしと言われて勘当さ。まあ、どうせ僕は三男坊だから家なんか継ごうにも継げやしないけどね」

永慶様は興味を覚えたようにそっと顔を上げて聞き入っています。

「どうだい、君だって目《ま》の当たりにしたろう？　ご維新だ、これからは西洋だ、と掌返してどいつもこいつもしたり顔に威張りだす。これまで拝んできた仏様だって二束三文で売り出される。廃仏《はいぶつ》毀釈《きしやく》が叫ばれた時には、うちの親父は真っ先に書画や仏像をどこぞの顔の赤いあめりか人に売り払ったよ。もともと信心なんかこれっぽっちも持ち合わせちゃいない男さ。その場の目端ばかりで世を渡る男だからね。うちの親父だけじゃない、そういう連中が世の中にぞろぞろいたことにはほんとに驚いたよ。祖父が生きていなくて良かったとあの時ばかりは思ったね。祖父が大事にしていたものを親父が嬉々《きき》として処分してるところなんぞ絶対に見せたくなかった。一時はあの法隆寺でさえ、聖徳太子の時代から代々守ってきた宝物を売らざるを得ないところまで、新政府に追い詰められたっていうじゃないか。いったい日本人は何をやってるんだ」

椎名様は苛立《いらだ》った様子で話を続けます。

「だから僕は洋画を学ぶことにしたのさ。今では日本画を見ると虫酸が走る。日本人は何も見ていない――日本画の人物を見てごらん、実物とは似ても似つかないだろう。奥ゆきもない、立体感もない、光と影もない、ただ平坦《へいたん》で薄っぺら。本物を見て描こうという志がない。狭いところで額を突き合わせて自分の知ってる花鳥風月を写してるだけ。その場の雰囲気に付和雷同して騒ぐ。まるで日本人の狭量さを表してるように見えるんだ」

再び険悪な雰囲気になりました。永慶様は顔を曇らせ、黙々と筆を動かしています。聡子様は困ったようにもじもじしていらっしゃいます。なぜ椎名様はこんなことをおっしゃるのでしょう。私には、椎名様は永慶様に八つ当たりをしているように見えました。椎名様が何かに腹を立てておられるのは分かるのですが、それは永慶様自身に向けられているわけではなさそうです。

「――美術学校の、僕の尊敬している教授の部屋に、小さな木彫りの仏像があった」

椎名様は更に乾いた声で言いました。

「教授は、日本における洋画の第一人者でいらしたけど、円空仏《えんくうぶつ》が好きで、自分のあと、り、や机に何気なく飾っておられたよ。その木彫りの仏像が見慣れないものだったので、僕が『新しく手に入れられたのですか』と尋ねたら、教授は『違う』と言われた。旅の途中で、道端で若い男が彫っていたのを気に入って無理に譲ってもらったと言う」

永慶様がぎくりとしたように顔を上げました。

「教授は言われたよ。『御覧、ここには誰にも奪えない、昔から連綿と続いてきた我々日本人の精神があるだろう、これはこれで正しいんだよ、こういうものはこういうもので続いていって、我々は更に新しいものを学んで大きくなって、ここに帰ってくればいいんだよ』ってね」

永慶様は顔を紅潮させ、かすかに震えだしました。

「ね、君、分かるだろう？　君にはこんなところで悠長に草取りなんかしてる暇なんかないってこと」

永慶様は膝の上で拳を握りしめ、暫く俯いておられました。私も聡子様もお二人の様子を見守ることしかできません。けれど、お二人の間に何か深いやりとりがあったことは分かりました。それが、私たちが心配していたような険悪なものではなく、情感に溢れた真摯《しんし》なものであったということも。聡子様がほっとしたように小さくため息をつきました。

それからお二人は黙り込んで絵に集中されていました。さらさらという、お二人が筆や木炭を走らせる静かな音が聞こえるだけです。

　今にしてみれば、とても贅沢《ぜいたく》で平和な時間でした。柔らかな春の陽射しが聡子様の髪の毛や頰《ほお》を光らせ、遠くでヒバリが鳴いているのが聞こえてきます。何かこう、濃密な——そして静謐《せいひつ》な時間がゆっくりと流れていました。

「さ、色はついていないけれど、とりあえず完成だ。君はどうだい？」

　椎名様が木炭を置いて、小さく伸びをしました。

「ええ、わたくしも間もなく」

　永慶様は小さく頷《うなず》き、更に幾つか筆を入れ、そっと筆を置きました。

　私は夢から覚めたような気分でお二人の絵を交互に眺めました。すっかり緊張していたので、私まで肩が凝っていました。

　どちらも見事な出来栄えに思えました。けれど、椎名様の描かれる西洋画が、帳面から飛び出してきそうなほど生々しいのに比べ、すっきりとした線で描かれた永慶様の絵は、清潔感があって美しいのですがどことなくおとなしく、平板で物足りなく思えてしまいます。

「どうだい、峰子さん」

　椎名様は自信たっぷりに私に問い掛けます。私はちょっと迷ってからこう答えました。

「どちらの聡子様も、お描きになった方に似ています」

「ああ、そうだね。同じもでるを描いていても、やはり絵を描く本人が滲《にじ》み出てきちまうんだ」

椎名様は大きく頷きました。私はうまく言いたいことが言えなかったので、心の中で言葉を探してやきもきしていました。椎名様は、聡子様から何かを引き摺《ず》りだし、つかみ取ろうとしている。でも、永慶様は、まるで聡子様を包み込むように、守っているように見える――

「どうです、聡子様。どちらがお気に召しましたか?」

聡子様は、自分の方に向けられた二枚の絵を、じっと真剣な表情で見ておられました。私たち三人は、その様子になんとなく気圧《けお》されて黙り込みました。それまでの少女らしい振る舞いとはどこか違っているのに気付いたからです。

聡子様はじいっと二枚の絵を見比べておられます。こんな時の聡子様はすうっと遠いところ、私たちの手の届かない場所に行ってしまわれたように見え、少し不安になります。

「やはり、――なのですね」

ようやく聡子様はぽつんと呟きました。

「え?」

みんなが思わず尋ねると、聡子様はみんなが待っていたことに気付いたように「ああ」と顔を上げられました。その顔はいつものあどけない少女の顔です。

「さっき椎名様は、日本の絵は実物とは似ても似つかないとおっしゃいましたね」

「ええ」

「確かにそうですけど、こうして見ると、椎名様の絵と永慶様の絵を同じように並べて比べるのは無理があると思うのです」

聡子様は淡々と、唇に指を当てて考えこむようにおっしゃいました。

「というと?」

椎名様は真剣な表情になり、身を乗り出します。永慶様もじっと耳を澄ましておられるのが分かります。

「椎名様の――西洋の絵は、今この時の聡子を描いておられます。このいっときの、今ここで光を浴びて座っている聡子を描いています。この刹那《せつな》、目に見える聡子の細かいところを正確に再現していらっしゃいます。でも、こちらの、日本の方法で描かれた絵は」

聡子様はすっと永慶様が筆で描かれた絵を指差しました。

「なんというのでしょう――もっと長い時間の流れを描いておられるような気がするのです。ここには、聡子という人間の昔の時間やこの先の時間が描かれているのではないでしょうか――きっと、日本の絵は、西洋の絵のように見たままのものを描くのが目的なのではないのです」

　私はその瞬間、なんとなくぞっとしたのを覚えております。私が目の前にしているのはなんというお方なのだろうと、空恐ろしくなったのです。それは、横にいらしたお二人も同じだったようです。椎名様の顔からさっと血の気が引くのが分かりました。

「きっと、永慶様は聡子を描いておられるのではないのでしょう――聡子を通して、聡子のいる世界の昔と今、そしてこれからを含めた時間や空間を描こうとされているような気がするのです。西洋の方は、なんと言えばいいのでしょう、そこにいるありのままの人間を描くのが目的なのでしょうね。でも、日本は違います」

　聡子様はそこでつかのまおし黙ると言葉を選んでいるように視線を上に向けました。

「聡子は音楽を聞いていてもそう思います――西洋の音楽は、聡子はまだそんなに聞いたことがありませんが、こう、ずんずんと元気良く、何の迷いもなく前に進んでいくような感じがします――ただまっすぐひとつの方向に向かって進んでいきます。でも、例えば三味の音はそうではない。聡子は三味の音が好きなのですが、あの音を聞いていると、今から順序よく前に進んでいくというのではなくて、昔に戻ったり、遠い将来に思いをはせたり、とぼとぼ歩いたり、走ったり、行ったり来たりしているような気がします――西洋の方は目標に向かってきちんと進むのがお好きなのでしょうし、音楽にもきちんと終わったという感じを求めるのに違いありません。でも、日本の音楽はそうではありません。自分がいろいろ迷ったり、振り返って後悔したり、懐かしんだりする気持ちを確かめるために音楽をするのです。きっと、絵にもそういう違いがあるのではないでしょうか」

私たちはつぶらな瞳ですらすらと言葉を続ける聡子様を声もなく見つめておりました。誰も動くことができません。

「目的が違うのですから、描き方も違ってくるでしょう――ありのままのものを描くのならば、影や奥ゆきをきちんと描こうと力が入ってくるでしょう。でも、時間の流れや世界そのものを描こうとするのならば、むしろ影や奥ゆきといったものはだんだん不要になってきて、より簡素にしようとするのではないかと思うのです」

椎名様が低く呻《うめ》き声を上げ、座り直しました。

永慶様はぽかんと小さく口を開け、そのすんなりとした穏やかな頬を赤らめて聡子様を見つめています。

「いやはや、驚いたね。驚いた、ほんとに。どうだい、君、やはり聡子様を描かせてもらってよかったろう」

椎名様は内心の驚きを押し隠すように大きく伸びをなさると、隣の永慶様をこづきました。

「はい――はい。ありがとうございます」

永慶様はやっと目が覚めたような顔になり、かしこまってお辞儀をなさいます。

「あらっ」

その時、聡子様がすっとんきょうな声を上げられたので、みんながそちらに目をやりました。

「どうなさいました？」

聡子様は、庭の方に目をやってぽかんとしておられます。それまで大人のような顔をしてみんなが驚くようなお話をされていたのが嘘《うそ》のようです。

「いえ――その――誰かお客様がいらしたような気がしたのです。三人？　四人かしら」

みんなは思わず顔を見合わせました。私は玄関の方を振り返りましたが、しんと静まり返っていて誰かがやってきた様子はありません。

聡子様はとても聡明な方でありましたが、こういうところもございました――時々、不思議なことをおっしゃるのです――まるで、この先起こることが分かるとでもいうような奇妙なことを。この時も、誰もたいしてその言葉を気には留めませんでした。けれど、それから何日か後に、私たちはこの聡子様の言葉をもう一度思い出すことになるのです。

三、赤い凧

その日は、夜明け前からごうごうと生暖かい風が村や丘を駆け巡っておりました。春が終わろうとしていました。最後まで残っていた山桜の白い花びらを、風が容赦なくむしりとっていきます。

空ははっきりしない薄曇りで、お日様にぼうっとした暈《かさ》がかかっていました。私は、学校から帰ってくる途中、幼馴染《おさなな じ》みのおみよちゃんとしろつめくさを摘んでいました。その場所は川が蛇行しているところと竹林に挟まれた小さな窪地《くぼ ち》で、私たちの秘密の場所でした。その日はお屋敷に行く日だったのですが、私はなんとなくそこでぐずぐずしていました。

その頃はお屋敷に行くのにも慣れ、通うのを楽しみにしていたのですけれど、もともと人見知りの強い私は、お屋敷でたくさんの人に会うことに疲れてもいたのです。聡子様やそのご家族にすっかり魅了されていたものの、誰かを好きになるということが自分じしんを削りとる行為だということにはまだ気付いていませんでした。久しぶりに幼馴染みと過ごした他愛のない時間は、自分がお屋敷で精一杯の背伸びをしていたことを気付かせ、改めてあの人たちは遠い世界の住人なのだと思ったものでした。

おみよちゃんが弟たちの面倒を見に帰ると言っても、私はまだせっせとしろつめくさの冠を作っていました。聡子様に持っていこうと思いつき、一生懸命だったのです。私は何かに夢中になると、何も聞こえなくなってしまうという癖がありました。「じゃあね」というおみよちゃんの声に生返事をしながら、しろつめくさの真新しい草の匂《にお》いに没頭していました。

ようやく冠が出来上がると、ごうっという地鳴りのような音がしました。遠いところで誰かが唸《うな》っているような、どきっとするような音です。

ふと気付くと、私はひとりぼっちでした。

芽吹いたばかりの木々の若葉が、薄曇りの空にちらちら灰色に揺れています。お日様の暈はますますぼんやりと滲《にじ》んで、今がどの季節で、一日のどの時間なのか見失ってしまったような心地がしました。

私は不安になりました。この世に一人きりのような感じがしたのです。

むかし祖母から聞いた、達磨山《だるまやま》の神隠しの話を思い出しました。山の木の実を採るのに夢中になって奥へ奥へと分けいった娘が、ふと山の中が静まり返ってなんの音もしないことに気付きます。娘はいつのまにか、神様の庭に迷い込んでしまったのです。

私は小走りに駆け出しました。ざわざわと丘の木々が追いかけてくるような気がします。

心臓が耳元で鳴り始めました。だいじょうぶ、だいじょうぶ。すぐにお屋敷に着くはずだから。

その時、風景のどこかにチラッと赤いものが目に入り、思わず足を止めました。

怖さよりも好奇心が勝ち、私は恐る恐る近付いていって林の中を覗《のぞ》きこみました。

赤いものはするすると空へ上がっていきます。

小さな凧《たこ》でした。

亀の形をした小さな赤い凧が生き物のように空を泳いでいます。

私は怖さも忘れてその凧を見つめました。いったい誰がこんなところで凧を揚げているのでしょう。

こんなつむじ風のような意地悪い風の中では、なかなか凧はまっすぐに揚がりません。くるくると回り、失速して木に叩《たた》きつけられ、落ちていきました。私はそっと落ちた凧の赤い色を目指して林に踏み込みました。突然、朗々とした声が聞こえてきます。

かくてぞ　はなをめで　とりをうらやみ　かすみをあはれび　つゆをかなしぶこころ
ことばおほく　さまざまになりにける　とほきところも　いでたつあしもとよりはじ
まりて　としつきをわたり　たかきやまも　ふもとのちりひぢよりなりて　あまぐも
たなびくまで　おひのぼれるごとくに　このうたも　かくのごとくなるべし

それは若い――というよりも幼い男の子の声でした。よく通るすがすがしい声です。何かを暗誦《あんしょう》しているのだと分かりましたが、たどたどしいところが全くありません。何かこう、すらすらと流れ出て来るような感じなのです。

が、突然その暗誦を打ち切って同じ声が呟《つぶや》きました。

「だめだなあ、ちっとも揚がらないよ。こんな風じゃやっぱり無理だよ」

「しょうがないじゃないの、お父様が凧を揚げてこいっていうんだもの」

「こんなお天気じゃ誰も凧に気が付いてくれないよ」

「いいのよ、これは儀式みたいなものなんだから」

どうやらもう一人、女の子がいるようです。この親しげな様子はきょうだいでしょうか。

「僕にもしまわせてくれるかなあ。この次のところでは、やらせてくれるって言ってたんだけど」

「まだ光比古《みつひこ》にはむりよ」

「若い人だったら大丈夫だと思うんだけどなあ。戸崎のじいさまみたいなのはしまいきれないと思うけど」

「あたしは若い人よりもお年寄りの方が楽だわ。若い人は、まだ固まってなくて、どろどろしてて分からないものが多くて、なんだか怖いんだもの」

声はだんだん遠ざかっていきました。凧を揚げるのはあきらめたようです。私には二人の話している内容の意味はよく理解できませんでしたが、二人の親が凧を揚げさせたことだけは分かりました。凧を揚げてこいなんて——なぜ子供にそんなことをさせるのでしょう。変な親だ、と思いました。

いつのまにか怖い気持ちは収まっていました。二人はどこに消えたのか、もう姿が見えませんでした。

お屋敷への道を歩いていると、横の畑から誰かがごそごそ上がってきました。よく見ると、池端先生です。今度は何を始められたのでしょうか。ズボンは土だらけです。

「おお、峰子さんか。今日は」

「今日は」

池端先生は私を認めると土を払って大きな声で挨拶《あいさつ》をされました。私も返事をします。

「お一人かね？」

「はい」

「いかんぞ、気を付けなければ。どうやらこの辺りを盗っ人がうろついているらしい」

「えっ」

私はぞっとしました。ついさっきまで、秘密の場所でぽつんと一人でしろつめくさを編んでいたことがとてつもない愚かなことに思われ、足が震えてきたほどです。

「みんなが噂《うわさ》しておる。会津の方から流れてきたらしい。その前は長岡の方にいたというから、徐々に北上してきておるのだ」

「怖いですね」

「実はな」

池端先生は風に飛ばされまいと帽子を押さえながら声を低めました。私は耳を先生の方に突き出します。

「怪しい男女を見掛けたのだ」

「えっ」

「見掛けたことのない男女だ。しかも、街道沿いを歩かず、脇道《わきみち》にそれていったのだ。これはおかしいと思わんか。途中までつけていったのだが、だんだんかがんでいるのがつらくなり、断念したのだ。ううむ、無念」

池端先生は悔しそうに拳《こぶし》を握りました。なるほど、先生が土だらけだったのはそういう事情だったのです。そして、私はハッとしました。さっきの林の中の二人の子供を思い出しました。

僕にもしまわせてくれるかなあ。この次のところでは、やらせてくれるって言ってたんだけど。まだみつひこにはむりよ。若い人だったら大丈夫だと思うんだけどなあ。

何気なく聞いた会話が、ぱっと鮮やかに頭の中に甦《よみがえ》りました。胸の中にじわりと黒い不安がこみあげてきます。

まさか。まさか、あれは、泥棒の相談だったのでしょうか。あんなに無邪気な会話だったのに。私とそんなに歳《とし》も違わなかったようなのに。ひょっとして、あの二人の親は子供たちにも盗みをさせようとしているのでしょうか。

私はこのことを言うべきかどうか迷いました。もしかすると、たいへんなことなのかもしれません。でも、勘違いなのかもしれません。私の心は、ほとんど二人を怪しむ気持ちの方に傾いていましたが、このことを話せば池端先生が大騒ぎをしそうな気がしました。臆病なことに、私は自分がその大騒ぎの出所になることが怖かったのです。

でも、頭の中からあの二人の会話が離れません。どうしよう、どうしよう、と考えていると、お屋敷の坂が見えてきました。反対側から、恰幅《かっぷく》のいい紳士を連れた、太った警官がやってきます。

「おお、浦野さん、これはいいところへ！　わしは怪しい二人連れを見たのだ」

池端先生はたちまち浦野巡査に駆け寄りました。人の好《よ》い浦野さんはちょっと迷惑そうな顔をしています。

「なんと。どちらでですかな」

「中年の男女だ。丘の向こうを迂回《うかい》して歩いていくのでピンと来たのだ。途中までつけたのだが、見失った。即刻探し出してほしい。盗みに入る前に水際でくいとめなくてはならん」

先生は興奮して拳を振り上げます。浦野さんは先生を宥《なだ》めるように両手を広げました。

「そんな。まだ盗っ人は男とも女とも知れてないんですよ」

「うぬっ、何を寝ぼけたことを。ふうむ。やはり、わしの炯眼《けいがん》には誰も及ばぬな。よろしい、教えてやろう。この憎むべき賊は二人組なのだ」

得意そうに指を突き付ける先生を、浦野巡査は困ったように見ています。

「何を根拠に」

「そもそも、そんなに盗みを繰り返しているのに男とも女とも知れぬというのがおかしい。きっと男女の二人組で、交替に盗みをしているのだ。だからこそ未《いま》だに正体が知れぬのだ」

こほんという咳払《せきばら》いが聞こえました。浦野巡査はハッとしたように慌てて後ろの紳士を振り返ります。

「おお、申し訳ない。今すぐご案内します。池端先生、こちらは吉田さんといって犬塚先生のお客様であらせられます。犬塚先生がお留守なので、槙村のお屋敷にご案内しようと思いましてな。では、御免」

浦野巡査は、県会議員である犬塚先生の名前を強調しました。そちらを先に済ませたいという意味なのでしょう。大仰に会釈をして、二人は坂を登っていきます。それを見送りながら、池端先生はフンと鼻を鳴らしました。

「全く、どちらを先にすべきかは明らかではないか。これで警官本来の務めを果たせるというのに」

憤懣《ふんまん》やるかたない様子で、池端先生は坂を登り始めました。

「よしっ、こうなったらわしが一肌脱ぐしかない。悪党どもを捕らえるには、お屋敷の面々に探させるしかなかろう」

一人呟いて歩いていく先生を見ながら、私はふと、後ろの方に人の気配を感じて振り返りました。見ると、丘の外れの雑木林から、さっきの声の主らしい男女の子供が歩いてくるではありませんか。二人はこちらの方を目指していっしんに歩いてきます。

私はおろおろしました。池端先生は、もうずっと先にいらしてしまっています。私はのろのろと歩きながら、誰かを呼ぶべきかどうか迷っていました。

二人はどんどん近付いてきて、すぐ後ろに声が聞こえます。

「うわあ、大きなお屋敷だね」

「お父様の言ったとおりだわ」

「でも、ここがほんとにそうなのかなあ」

相変わらず無邪気な声でしたが、私にはその声が禍々《まがまが》しいものに聞こえました。まさか、この子たちがお屋敷を狙《ねら》っているのでしょうか？

「ねえ、そこのおねえさん」

突然、背中に声を掛けられてぎょっとしました。恐る恐る振り返ると、そこにはこざっぱりした着物姿の二人が立っています。二人とも両手に大きな荷物を抱えています。

男の子の背中には、さっき見た赤い凧がくくりつけられていました。

とても悪いことを考えているようには見えません。男の子は私と同じくらいでしょうか。くりんとした目が活発そうな、ひょろりとした男の子です。隣の女の子は、もう少し年長らしく、長い髪が大人びた、一重まぶたが涼しげな子です。

「槙村のお屋敷というのはあそこ？」

男の子が屈託のない顔で尋ねます。私は反射的にこっくりと頷《うなず》いていました。

「やっぱりそうか。ありがとう」

二人は頷きあって進んでいきます。私は慌てました。私がこの二人を見張っていなくては、と思い付いたのです。

「さっき林で凧を揚げていなかった？」

そう話しかけると、二人が驚いたように私を振り返りました。

「見てたの？　あなた」

女の子の方が首をかしげてそう言いました。単なる興味のようで、別に悪いことを見《み》咎《とが》められたような気配はありません。私は勢いを得て続けました。

「あの時、近くにいたの。なんで凧を揚げたの？」

「僕もよく知らないんだ。お父様が、ここに来た印に揚げろって。仕事を始めるって合図らしいんだけどね」

男の子がはきはきと答えます。仕事を始める合図。ひょっとして、この子たちは親に利用されているのではないかしら。自分が何をしているのか分かっていないのかもしれない。私は混乱する頭で考えました。どう見ても、やはりこの子たちが悪事を働こうとしているようには思えません。

そうこうしているうちに、お屋敷の玄関が近付いてきました。中から池端先生の大きな声が聞こえてきます。

「何を愚図愚図しとるんだっ。事は一刻を争うんじゃ。おお、新吉さん、はようはよう。何か武器になるようなものを用意した方がいいかもしれん」

「せんせ。藪《やぶ》から棒に今度はなんですかい」

奥様が浦野さんとお客様の相手をしている脇で、新吉さんが池端先生を宥めています。先生は、自分が見掛けた二人連れを新吉さんたちに探させようとしているのです。

「犬塚くんとは帝国大学時代からのつきあいでしてな。何かの折に槙村さんという大人物のお噂を伺い、是非一度お目に掛かりたいと思いまして」

「さようでございますか。生憎《あいにく》ただいま主人は留守にしておりますが、近所の用事ですんでじきに戻ると思います。よろしければお上がりになってお待ち下さいませ」

「おお、願ってもない。イヤ、お構いなく。のんびり待たせて貰《もら》いますよ」

「犬塚先生はご遊説《ゆうぜい》に出かけられてましてな。本官がお相手できればよかったのですが」

「いえ、巡査、ご足労をかけて恐縮です」

「そうじゃ巡査、君には今すぐ他にすべきことがあろう」

巡査たちの会話に池端先生が再び割り込みます。

「せんせ。分かりました、あっちで話しましょ」

新吉さんが、駄々っ子をあやすように先生の肩をつかみます。

私と二人の子供はこの有様を玄関の外で眺めていました。私はここにいつも大勢のお客様が詰め掛けているのを見慣れておりましたが、二人は気後れしたようにその様子を興味津々で見ています。奥様が私たちに気付きました。

「あら、峰子さん、いらっしゃい。今日は遅かったのね。そちらのお二人は」

姉の方がぴょこんと一礼してから、しっかりした口調で尋ねました。

「ごめんください。槙村勇造さんのお宅はこちらでしょうか」

「はい。うちですが」

奥様は頷かれました。

「私たち、父とはぐれてしまったんです。村に入る前に合流できたはずだったんですが、どこかで見失ったみたいで。まだ父はこちらに着いていませんか？」

「ええ、それらしいお方は見えてませんが。ということは、ご一家で？　あら、お珍しいこと。今日そんなお客様がいらっしゃる話を聞いていたかしらねえ」

奥様は記憶を辿《たど》るように考えこんでおられます。私はまたなんとなく不安になりました。まだ、この二人に対する私の疑いは晴れていません。奥様は、旦那様《だんなさま》を訪ねてくるお客様のことはいつもよく覚えておられます。奥様が知らないということは、この二人の父親と旦那様のお約束など嘘《うそ》だということではないでしょうか。これが、この子たち一家のよその家に入り込む手かもしれないではありませんか。

姉と弟は困ったように顔を見合わせています。私もじっと二人の様子を見つめていました。姉が頷いて奥様の顔を見ました。

「そうですか、もう少しその辺りを探してみます。お邪魔しました」

もう一度お辞儀をして、弟を促します。私は焦りました。これも何かのたくらみなのかもしれない。こっそり敷地の中を物色しようとでもいうのでしょうか。あとについていこうと私が決心した時、弟の背中から凧がすとんと転がり落ちました。靴を脱ごうと座っている、巡査といらした紳士の足元にかぶさります。

「あっ、ごめんなさい」

弟は慌てて凧を取りに行きました。凧を拾おうとかがんだ時に、頭が紳士の腕にぶつかります。

急に、ぴたっとその頭が動かなくなりました。

「どうしたね、坊主?」

紳士はその子の肩に手を掛けました。男の子はゆっくりと顔をあげ、目を真ん丸にして紳士の顔を見つめています。紳士はその表情に驚いたのか、一瞬頭を引きました。

「うわあ、たいへんだね、おじさん」

男の子は感嘆の声を上げました。紳士は目をぱちくりさせています。

「え?」

「そんなに時計をいっぱい持ってたら重いでしょ」

突然、紳士は表情を堅くしました。みるみるうちに恐ろしい形相になります。

「何の話をしてるんだね？」

「何の話って――おじさんが上着の中にいっぱい持っている――銀色の鎖のついたのとか」

男の子はしどろもどろになりました。

「いつ、見た？　どこからつけてたんだ？」

「え？　見たわけじゃなくて――たった今、その」

「この、泥棒め！」

紳士は男の子を乱暴に払いのけました。男の子は凧と一緒に三和土《たたき》に転がりました。

玄関にいた人たちが男の子に注目しました。男の子は混乱した表情で凧を抱えてみんなをおどおどと見上げています。

「巡査！　この子をつかまえろ！　こいつ、私の荷物の中身を知っているぞ――きっと私から盗みを働こうとずっと私をつけてきたんだ」

紳士はかんかんに怒って男の子を指差しています。巡査は慌てて駆け寄りました。

男の子は泣きそうな顔で立ち上がりました。私はその表情を見て気の毒になりました。

「そんな、僕なにもしてないよ。お姉ちゃん」

姉が弟をかばうように、毅然《きぜん》とした表情で巡査の前に立ち塞《ふさ》がりました。

「弟は盗みなんかしませんっ」

「じゃあ、どこでそのお方の荷物の中身を見たのかね？」

「それは――」

姉はぐっと詰まった様子でした。

「巡査、その二人をじっくり調べるがよろしい。きっといろいろ出てくることでしょうよ。奥さん、どうやら今日は日が悪いようです。改めて出直して参ります。御免」

紳士はまだ怒りが収まらない様子で、靴を履き直すと帽子をかぶって足早に玄関を出て行きました。と、やってきた誰かにどしんとぶつかりました。

「おっと失礼。おお、紀代子《きよこ》、光比古、先に着いてたか」

ひょうひょうとした明るい声が飛び込んできました。みんなが一斉にその声に引き寄せられました。

「お父様」

二人のきょうだいは顔を輝かせました。

黒い着物に羽織を着た、ひょろりとした背の高いひとでした。脂っ気のないばさばさした髪がいろいろな方向を向いていましたが、粗雑な感じはしません。細面の顔には、穏やかな細い目が乗っています。どことなく、西洋人のような雰囲気が漂っていました。不思議なひと。そう表現するのがぴったりします。見ると、後ろにおっとりした感じの婦人が連れ添っています。

「おおっ！　そいつだ！　そいつらが怪しい二人連れじゃ！」

突然、池端先生が興奮して叫び出しました。

「つかまえろ！　ほれ、巡査」

次々といろいろな人が現れていろいろなことを言うので、みんな混乱してきょろきょろと互いの顔を見回しています。私もあっけに取られて玄関に立ったままでした。

「おい、君、どういうつもりかね。この手を放してくれたまえ」

紳士が声を荒らげて、その背の高いひとを振り返りました。よく見ると、そのひとは紳士の腕を擦れ違いざまにつかんでいたのです。

「いえね、そこにちょうど巡査もいらっしゃるし——ほう。なるほど。盗んだものを上着の内側にごっそり縫いこんでたのを、うちの子供に見破られてすたこら逃げだそうとしとるわけだ」

そのひとがのんびりと言いました。紳士はぎょっとしたように全身を震わせました。

「一番新しい戦利品が巡査の懐中時計とは——たいした腕前だね、君は」

巡査がハッとしたように胸に手を当てました。たちまち青ざめて手探りしています。

「なんと。まさか」

「巡査、先の橋のたもとでこいつの片割れの女が自分の仕事を済ませて待ってるようですよ——わざわざ犬塚先生のいない時を見計らって訪ねてきて、本当はお屋敷で一仕事するつもりでしたね」

紳士は乱暴にそのひとを突き飛ばすと、駆け出しました。

「泥棒！」

巡査と新吉さんが後を追いました。みんなが駆け出して外に顔を出します。

すると、前方でビシッ、という音と悲鳴が聞こえました。巡査が駆け付けると、紳士は竹刀《しない》で額を打たれて伸びていました。

「おお、旦那様」

「なんだ、この騒ぎは」

旦那様はちょうど道場で村の子供たちに稽古《けいこ》をつけて帰っていらしたところでした。竹刀を持たせたら、旦那様に勝てる人はそうそういないという話です。

が、「だ、旦那様、危のうございます！　そんな狼藉者《ろうぜきもの》とは離れてくださりませっ」

伊藤新太郎さんが、真っ青な顔で、旦那様とその紳士の間に立ち塞がりました。新太郎さんは、本当に旦那様のことを深く尊敬しておられるので、いざとなったら命すら投げ出しかねない様子です。旦那様は苦笑しました。旦那様は、新太郎さんの真面目《まじめ》で一本気なところをたいへん可愛がっておられるのと同時に、もう少し融通が利けばよいのだがなあ、と時折奥様に漏らしていらっしゃるのです。巡査と新吉さんが紳士を縛り上げながら、旦那様に事情を説明しました。

その間、私たちはぼんやりと立っていました。そのひょろりと背の高い不思議なひとも。やがて旦那様は、その背の高いひとに気付かれたようでした。初めは驚き、やがて嬉《うれ》しそうな顔に変わってゆきます。

「春田さん！　お久しぶりです。こんなに早くお着きになるとは」

「いやいや、こちらこそ連絡をする暇がなくて、いきなりやってきてしまいました」

春田葉太郎《ようたろう》。それがこの不思議なひとの名前であり、私たちが春田一家に出会った初めでありました。


天聴館の上に、赤い凧が昇っています。

「アレ、今日もお屋敷に凧が」

道を行く人々も、その凧が揚げられるのに気が付くようになりました。

「何だろう」

「何かの目印かね」

ちらちら視線を送りながら、みんなが歩いていきます。

凧を揚げているのは、あの光比古さんという目のくりんとした男の子です。どういう決まりがあるのかは分かりませんが、いつも彼が天聴館の前の斜面で器用な手つきで凧を揚げているのでした。

「どうして凧を揚げるのかしら」

「紀代子さんは儀式だとおっしゃってましたけど、何の儀式かは」

私と聡子様が縁側に出てお習字をしていると、青空に浮かぶ凧が見えました。

「あの方たちは旦那様のお友達なのですか？」

私はずっと気になっていたことを聡子様にぶつけてみました。

お屋敷に、あの泥棒事件が起きてから七日間が経っていました。あの日現れた四人は、私の中にとても鮮やかな印象を残していたのです。なんと言ったらよいのでしょう、不思議な感じのする一家でした。浮世離れしているというか、どこか遠い国からやってきた人たちというか。

「そのようです——でも、お父様はそんなに詳しく話してくれたわけではないのですが、なんでも昔お世話になったんだそうです」

「むかし——でも、そんなお歳には見えませんけど。子供だって私たちと同じくらいじゃありませんか」

光比古さんは私の一つ下で、紀代子さんは私の二つ年上だと聞いていました。

「ああ」

聡子様はにっこり笑いました。

「あの方たちではなくて、あの方の先祖とその一族に、お祖父様《じいさま》と更にその先代の時代にお世話になったんですって」

私は頭がこんがらかりました。旦那様のお祖父様の時代。想像もできないような昔の話です。

「随分前の話ですねえ」

「昔の話なのです。どういうふうにお世話になったのかは教えてくれませんでしたけど、とにかく槙村の家では、あの方たちがいらした時は、できる限りのことをしなければならないのですって」

「できる限りのことを——あの方たちはいつまでここにいらっしゃるのでしょう」

「ここでのお仕事が済むまでだそうです」

「ここでのお仕事？　何のお仕事をしてるのですか？」

「さあ。いろいろな人に会って記録を付けるというお話でしたけど」

聡子様も詳しくはご存じない様子で、墨に筆を浸しました。ぷんと墨のいい香りが開け放した縁側の上に漂います。


その四人は、お屋敷の外れにある洋館——天聴館の二階に住むことになったようです。旦那様がどちらかと言えば道楽でお建てになった建物は、それまではお寺のお堂のようなよそよそしい雰囲気だったのですが、人が住まうことになって、寝台やら火鉢やらお布団やら、種々雑多な生活用品が運びこまれて、急に『おうち』らしくなりました。また、そこに出入りする春田家の人々がいかにもその洋館に住むにふさわしい人たちという感じがしました。

運びこまれる調度品を見ながら、日だまりの中で旦那様と春田葉太郎様が二人で並んで立っておられました。このお二人は、若い頃に少しだけつきあいがあったのだそうで、旦那様も普段のいかめしい姿を崩して気軽な雰囲気で言葉を交わしておられます。

「天聴館か。とてもいい名前だ。槙村のお屋敷にふさわしい。いつも天の声を聴いて、村のために尽くしてきた君たちにぴったりの名前じゃないか。父からよく槙村の名前を聞いたよ。我々の一族とは対極にあるけれども、あれが持てる者のあるべき姿だと言って」

「だといいんだがね――確かに子供の頃から村の規範たれ、村を栄えさせるのが槙村の槙村たる所以《ゆえん》ぞと叩き込まれてきたし、それを疑ったこともなかった。僕は恵まれていたし、血気さかんな頃は自分には天の声が聞こえるのかもしれないとうぬぼれた時もあった」

なぜでしょう、その時私は庭の隅っこでお二人の背中を見上げ、お二人の話を聞いていたのですが、この時のお二人の背中を今でもまざまざと思い出すことができるのです。日だまりの明るい光がお二人の姿の輪郭を輝かせているのを。そして、この時のお二人の声を。

「でも、正直言ってこのところ、僕にはよく天の声が聞こえない。天どころか家族の声も、いやもしかするとおのれの声も聞こえないくらいだ。これまでは、目の届くところのことだけ考えていればよかった。なのに、今や海の向こうの世界のことまで心配しなくてはならない。あまりにもいっぺんにいろいろなものが押し寄せてきて、世の中が声高すぎる。きなくさくて、嘘くさくて、慌ただしいだけだ。僕はこの土地に愛着を持っている。穏やかで、恵まれた土地だ。これまで無風状態だったと言ってもいい。だけどね、それは必死の努力と先祖の先見の明のお陰で、僅《わず》かないっときの僥倖《ぎょうこう》に過ぎないのだよ。一度でも寒い夏が来れば、たちまち困窮する。幸いこのところは少なくなったが、困窮すれば間引きが横行し、娘を売る家も出てくるし、あっというまに村は崩壊してしまうだろう。このところ、本当に自信が持てないのだ。先祖から受け継いだこの土地をこの先ずっと将来も保っていけるのかどうか。集落を守っていけるのかどうか。これまではそんなふうに思ったことなどなかったんだが」

珍しく、旦那様の口調が弱々しかったのを覚えております。

葉太郎様が口を開きました。

「いつの時代も混乱はあったし、世界はどこかで繋《つな》がっていたけれど、これからは全く違った意味での混乱が起きるだろう。世界はより近く、より狭くなりつつある。どこかで台風が起きれば、風を受けずには済まないのさ――世界はまさしく一蓮托生《いちれんたくしょう》になりつつあるんだ。その行き先がどこであれ」

葉太郎様はひょうひょうとした口調で、二階から顔を出して手を振っている光比古さんに手を振り返しました。旦那様は低くため息をつきました。

「皮肉なものだね。どこに何があるか分からない昔の方が、我々は幸せだったと思わないか？　今はどこに何があるか分かっているのに、そのことがますます我々を不安にさせ、心配事を増やしている」

「ひとは自分が持っていないもののことは心配しないさ。自分が手に入れたものを失うことと、よそのひとが自分より先に手に入れるんじゃないかと思うものに対して心配するんだ。今の世界を見ればそれは明らかだろう」

顔は見えないけれど、旦那様が笑みを浮かべられたのが分かりました。

「君たちを見ていると心が落ち着くよ。こういう生き方もできるんだなと。今、こんな時に君がここに来てくれたのは不思議な気がする。天聴館――本当は、この名前は、君たちのことを念頭に置いて親父が付けた名前なんだよ。いつも野を行き、土を踏みしめながら天の声を聴く。君たちにあやかりたいとじいさんがよく繰り返していたらしいから。それがどういう意味なのか、僕にはよく分からないけれどね。僕がここにいる間に君に会えるとは思わなかった。手紙を貰ってびっくりしたよ。君とはほんの数回しか話をしたことがなかったけれど、面白い男だなあと思っていた。君はいつも我々が縛り付けられているものから自由な感じがする」

「そんなことはない。僕らは僕らの使命によって生かされているだけでね。なるほど、僕と君は対極のところにいるわけだ」

お二人が小さく笑うのが聞こえました。

「目先の珍しさが手伝って建てたものだが、少なくとも、春田君たちに使ってもらえるなら役に立つだろう。いくらでも滞在してくれ。僕も君と話ができるのは嬉しいよ」

「ありがとう。何から何まで世話になってしまってかたじけない。恩に着るよ。何かできることがあったら言ってくれ」

「いつまでいられるんだ？」

旦那様の問いに、葉太郎様はかすかに首をかしげました。

「うーん。みんなをしまい終わって風向きが変わるまでかな——実は僕にもよく分からない。こんなに早くここに帰ってくる予定じゃなかったんだ。でも、戻るべし、会うべしという徴《しるし》を見たのでね。誰か僕らが会うべき大事なひとがいるはずなんだが」

「相変わらずおかしなことを言う男だな。『しるし』というのは？」

「うん。まあ、君たちから見たら奇妙だと思うだろうけど、僕らはそれに従うことにしているんでね。辻占《つじうら》みたいなものさ。辻占、分かるだろう？　黄昏《たそがれ》どきに人の行き交う橋の袂《たもと》や四つ角に出て、最初に耳に入った声を聞いてその中身から自分のすべきことを知る。迷信だと思うかい？」

「うむ」

旦那様は答えるのをためらっておられるようでした。その気持ちは私にも分かりました。いきなり辻占の話を出されたら、私だって面くらってしまいます。

葉太郎様は小さく手を振って笑いました。

「いいよ、無理しなくても。確かになんのよりどころもない話だ。今はまさに、全ての古いものを葬り去り、列強に近代的な日本を喧伝《けんでん》しようとしているところなんだものね。時代に逆行すると言われても仕方がない。だがね、馬鹿にしたもんじゃないよ。君もお屋敷の中にいて迷ったら、大町や東一番丁あたりに出て、じっとみんなの声を聞くといい。結局、どこにいても我々は人々の中におのれを見るに過ぎない。聞くことのできないおのれの声が外から聞こえてくるだけさ——今は世界という雑踏の中で、日本はおのれの声を聞こうとしているんだが、どうやら幽霊のようなこだまばかりが返ってきて焦っているようだ」

「おのれの声——ね」

旦那様がぽつんと呟きました。その時の私には、お二人の話の内容はほとんど理解することができませんでした。

こうして、一家は天聴館に住むようになりました。

住むようになると、ずっと前からそこに四人が住んでいたような気がするからおかしなものです。四人はすんなりとその場所に馴染み、お屋敷の人たちも四人がそこにいることにたちまち慣れてしまいました。

天聴館に住む四人は、天聴館と共に一幅の絵のようでありました。そこにあることが自然のような。お屋敷の敷地内を歩き天聴館を仰ぐ時、二階のばるこにいに布団や着物が干してあるのが目に入ると、どことなく心のなごむ感じがするのでした。

「あの方たちはどういう方たちなのでしょう。いつも旅をしながらあちこちに住んでいらっしゃるようです」

ある朝、朝食の席でふと私はお父様に尋ねてみました。

隣では秀彦兄様が目をしょぼしょぼさせて漬物を齧《かじ》っていました。昨夜《ゆうべ》も遅くまで文学雑誌を読んでいたようです。

お父様は豆腐の味噌汁《みそしる》を飲みながら、ちらりと私の顔を見ました。私は思わずぎくりとしました。人のうちのことを詮索《せんさく》するなと叱《しか》られるのかと思ったのです。

「――ずっと昔、わしが子供の頃にばあさんから聞いたことがある」

意外にも淡々とした返事が返ってきたので、私はちょっとだけ驚きました。

「たぶん、あの人たちは『常野《とこの》』だな」

　耳慣れない言葉にきょとんとします。眠そうな顔をしていた秀彦兄様も顔を上げました。

「『とこの』というのは何のことですか？」

「詳しくは知らないが――古くからいる一族だよ」

「一族？　血縁関係があるのですか？」

　秀彦兄様は興味を示して尋ねました。

「さあどうだろう。どのくらいの数がいるのかも分からないし、どういうふうに繋がっているのかもわしは知らない。もっとも、一族の全部がいつも旅をしているわけではなくて、移動しているのはごく一部らしい」

「それがあの春田さんなのでしょうか」

「うむ。幾つかの不文律があるようだ。権力を持ってはいけないとか、固まって住んではいけないとか」

「へえ。面白い。最近、柳田《やなぎた》さんという学者がそんなことを勉強しているそうですよ、山だけに住む民や我々とは違った生活をする人々のことを」

　秀彦兄様が急に目を輝かせて話し始めると、たちまちお父様はぎろりと兄様を睨《にら》み付けました。兄様はぎょっとしたように口を噤《つぐ》み、ズルズルと味噌汁を啜《すす》ります。

「お前はきちんと本来の勉強をすればよろしい。どうだな、成績の方は？」

「ご馳走《ちそう》さまあ、行ってまいりますっ」

秀彦兄様は逃げるように風呂敷包みを持って飛び出していきました。

「全く。およそ役にも立たぬことにうつつを抜かしおって。わしが気付いていないとでも思っておるのか」

お父様はぶつぶつ言いながら急須《きゅうす》からほうじ茶を注ぎます。

私は上の空で御飯を食べながら、その言葉を頭の中で繰り返しておりました。

とこの。常野の一族。


なぜか私はあの四人に心を惹《ひ》かれておりました。それがなぜなのかはよく分かりませんでした。旅する家族――そういうものに憧《あこが》れていたのかもしれません。遠い世界を旅してさまざまなものを見てきて、これからもまた出かけていく。それが田舎《いなか》の幼い子供には魅力的に思えたのかもしれません。彼らがどことなく洒脱《しゃだつ》で、しがらみのない、軽やかな存在に見えたのでしょう。

時代にはそれぞれに色があり、空気の重さが異なっています。私はあの頃、自分を取り巻く世界にかすかな軋《きし》みを感じ取っていたように思います。私の住む世界はのんびりとした昔ながらの古い空気に満ちた箱に入っていたのですが、どこか遠いところで箱の蓋《ふた》をこじあけようとする手の気配に気付いていました。自分たちの住む世界の鈍い重さから逃れたいのだけれども、めまぐるしい流れの中に放り出されるのも恐ろしいのです。

　進みたいのか、戻りたいのか。みんなが戸惑っていたような気がします。次々とやってくる新しいものに浮かれている一方で、葬り去るには懐かしく心地好いものがたくさんあるような気がするのに、否応なしに流されていく。あの四人はその流れと無関係に、どこかそういった時代の空気を超越しているように見えたのかもしれません。

　やがて、天聴館にはあちこちからぽつりぽつりとお客様が来るようになりました。

「あのう、春田さんはこちらでしょうか」と、子供を連れた女の人や年配の夫婦、時には家族でぞろぞろと春田家を訪ねてきます。どうやら、一階のほーるで葉太郎様と話をして、暫《しばら》くすると帰っていくようです。いろいろな人に会って記録を付けると言っていたのを思い出しました。日によっては大勢の人たちがやってくるので、一階の明かりが遅くまで点《つ》いていることもあります。

　また、葉太郎様はご夫婦でよく出かけてもいらっしゃいました。朝早くからせっせと出かけていき、急いで帰ってきて天聴館で待っている人に会う。どうやら凧を揚げているのは、天聴館にご夫婦がいらっしゃるという合図のようです。その凧を目印に、お客様は会いにやってくるようなのです。

　ご夫婦が忙しく行き来しているのに比べ、二人の子供はのんびりと野山を駆け回っています。二人は学校に通っていないようでした。そのことを咎める人も、当時はそれほどいなかったようです。とても仲の良いきょうだいで、田圃《たんぼ》の畔道《あぜみち》を二人で並んで歩いているところをよく見掛けました。

私は二人とゆっくり話をしてみたいと思っていたのですが、なかなかその機会は訪れませんでした。冷たいというのではないのですが、この二人にはなんとなく近寄りがたいところがありました。いつも二人で一緒にいるので、話しかけづらいような気がするのです。

ある日の午後、私があの秘密の場所で一人でぼんやりしていると、向かいの丘に人の気配がしました。話し声らしきものが聞こえます。あの二人だ、と私はすぐに思いました。二人を見つけようと考えたわけではないのですが、なんとなく腰を浮かせ、その声に向かって歩いていきました。思えば最初に凧を揚げているのを見たのもここでした。

明るく萌《も》える木々の緑の間に、ちらりと青い着物が見えました。風が枝を揺らす音に混じって、何やら声が聞こえます。

二人は、林の中を歩きながら何かを叫んでいました。

なんて言っているんだろう？

私は耳を澄ましましたが、どういうわけか、言葉が聞き取れないのです。耳がおかしくなってしまったのかしら？　私はもう少し近付いていきました。

ひょろろろるう　ぴいよろろろろ　ひゅるるるおお　らるうらるうらら

意味不明の言葉は続いています。言葉というよりも何かを歌っているような、そんな感じです。二人の澄んだ声は、絡み合って木々の梢《こずえ》に消えていきます。人の声とは思えない、笛の音のような響きでした。

二人は顔を見合わせて無邪気に笑うと、更に声を高めました。ひょろりとした痩《や》せた子供なのに、どこからこんなに大きな声が出るのでしょう。私は目を瞠《みは》りました。

最初は意味のない言葉の羅列と思えたものが、だんだん言葉になっていくのが分かりました。

そらみつ　やまとのくには　すめかみの　いつくしきくに　ことだまの　さきはふくにと　かたりつぎ　いひつがひけり　いまのよの　ひともことごと　まのまへに　みたりしりたり　ひとさはに　みちてはあれども

二人は交互によどみなく言葉を続けていきます。やがてぴったりと声が重なって、朗々と艶《つや》やかなその声を聞いていると、お坊さんの声明《しょうみょう》を聞いているような夢心地の気分になってきます。

　私の足元でぱきん、という枯れ枝の折れる音がして、ハッとしました。

　声がぴたりと止《や》みます。

「あっ」

　いつのまにか、私は二人の後ろをぽかんとして歩いていたらしく、気が付くと二人が私を振り返っていました。二人はじっと私を見ています。私はどぎまぎしました。

「ごめんなさい。後を付けるつもりではなかったんだけど」

「聞いていたの？」

　咎めるふうでもなく、紀代子さんが尋ねました。私は小さく頷いて、思い切って二人に問い掛けました。

「ずいぶん大きな声が出るんですね――あとの方は何かの歌だったみたいだけど、最初の方は何て言ってたの？」

　二人は顔を見合わせました。そんなことを質問されるとは思ってもみなかった、という顔です。考えながら光比古さんが口を開きました。

「ええとね、最初は鳥の声から始めるんだ」

「鳥の声？」

「うん。さっきみたいなの。風の音とか雨の音でもいいんだけど、鳥がいちばんいいの」

「何がいちばんいいの？」

私は話の意味が分からずに、尋ねました。

「真似《まね》するのにだよ」

「真似する？」

「うん。最初は、聞こえるものをそっくりに声で繰り返すところから始めるの」

それでも私にはよく分かりませんでした。光比古さんは一生懸命私に分かるように説明しようとしてくれているらしいのですが、そもそも何の話なのかが理解できないのです。

「なんのために鳥の声を真似するの？」

二人はもう一度顔を見合わせました。今度は紀代子さんが口を開きます。

「みんなを『しまえる』ようになるためよ」

ますます頭が混乱しました。みんなをしまう？　どういう意味だろう？

私がぼんやりしているのを見て、二人は困ったような顔になりました。

言葉に詰まり、なんとなくぶらぶらと三人で歩き出します。草の匂いが風に乗って鼻をかすめました。きらきらと木洩《こも》れ日が三人の着物の上を走りながら光っています。

「うちはみんなそうなの。みんなを『しまえる』ようにならなきゃならないの。ずっと昔からそうしてきたのよ」

「ふうん」

紀代子さんの言葉に相槌《あいづち》を打ちながらも、私は不思議な心地がしました。この人たちは私とは違うのだ。何かの宿命に彩られたひとたちなのだと心のどこかで考えていたのです。

「毎日練習しないと駄目なんだ。僕はまだ『しまわせて』もらえないの。きちんと『響いて』ないからまだ無理なんだって」

「へえ」

「あたしだってまだ無理よ。全部は『しまい』きれないわ。こないだも失敗しちゃったし。もっと『響く』ようにならないと」

「でも、あんなにたくさんのひとを『しまって』たら、頭の中がごちゃごちゃになっちゃうよね。みんなよく平気だなあ」

二人の会話の意味はよく分かりませんでした。でも、そうして三人で歩いているのはなぜか心躍る感じがしました。木洩れ日が白く目の中で輝きます。

その日以来、私はその二人とぽつぽつ言葉を交わすようになりました。

「とこの、ですか」

翌日、早速聡子様にその話をすると、興味を覚えたようでした。

「私も、お祖母様《ばあさま》に聞いたことがあるような気がします――でも、昔話で作り事だと思っていたから――聡子も二人のお話が聞きたいなあ」

「聡子様、今度一緒に天聴館に行ってみませんか」

私はふと思い付いて言ってみました。このところ、聡子様はとても体調が良く、お屋敷の中を歩き回れるほどになっていました。外に出ても大丈夫なのではないかと思ったのです。

聡子様は目をきらきらさせました。

「そうね――そうよね、聡子も外を歩いてみたい。ねえ、いいでしょう、清隆兄様」

聡子様は隣でじっと話を聞いていた清隆様の腕をつかみました。

「そうだねえ、中島先生のお許しが出たら行ってみようか」

清隆様は迷っているようでしたが、聡子様はもうその思い付きに夢中です。

「おい、あいつらには関わらない方がいいぞ」

そこへ、乱暴な足音を立てて廣隆様が入ってきましたので、みんなはぎょっとしました。いつもこの三人と奥様で過ごしているのですが、廣隆様が加わることはめったになかったのです。

「どうしてですか？」

私は思わず廣隆様に尋ねました。廣隆様はその勝気そうな顔にちらっと困ったような表情を浮かべましたが、ぼそりと呟きました。

「みんな言ってるよ——天聴館に集まって、なんだか怪しいことをしてるって。あいつら、露西亜《ろしあ》の間諜《かんちょう》じゃないかって」

四、蔵の中から

　さわやかな風が吹き抜ける午後、お屋敷の裏庭の蔵の前に、茣蓙《ござ》が広げられています。いつもはひっそりと静まり返った蔵の前の小さな庭は、女の人たちの賑《にぎ》やかな声が弾《はじ》けていて、華やいだ活気がありました。

　蔵の前の扉がいっぱいに開かれ、女の人たちが総出で中の什器類《じゅうきるい》を運びだし、並べているのです。ずらりと並べられた来客用のお椀《わん》や大皿を次々と手に取って、桶《おけ》や盥《たらい》に張った水につけて洗っているところは壮観でした。その中心では、奥様が女中頭《じょちゅうがしら》のおよねさんと一緒に歩き回りながら、帳面に書いてある什器がきちんと揃《そろ》っているか、あれはどこだっけ、去年確か一枚割ったよねぇ、あの会津塗のお盆は、と確認しています。

　どういう謂《いわ》れがあるのかは知りませんでしたが、一斉に若葉が萌《も》え山を覆う頃になると、いつもお屋敷では大きな宴会が開かれるのでした。『天聴会』というその催しは、槙村のお屋敷では随分前から開かれているということです。花見でも田植えでもないこの時期に開かれるのは前から不思議でしたが、逆にわざとそういうみんなの忙しい時期を外しておられるのも槙村らしい計らいでした。その会には、ある基準で選ばれたお客人が招かれて、旦那様《だんなさま》の饗応《きょうおう》を受けるのです。村の生活や発展に尽力したひとを呼ぶのだと言われていましたし、いや何か槙村に昔から定められた決まりに従ってお客を選んでいるのだとも言われていました。あの天聴館も、元々はこの催しの名前から取ったのだそうです。

女の人たちがお喋《しゃべ》りをしながらてきぱきと家仕事をしている眺めというのは、なんだか温かい感じがしていいものです。古い飴色《あめいろ》をした殺風景な桐《きり》の箱から、目の覚めるような伊万里《いまり》の大皿や、鮮やかな染付のお銚子《ちょうし》が出て来るのは手品のようで、しかもどれも皆素晴らしい品ばかりで、見ていて飽きません。

私と聡子様は、庭の隅っこにちょこんと座って、ガラガラと盥で洗ってふきんの上に広げられた来客用の黒い塗り箸《ばし》を黙々と拭《ふ》いていました。私たちの隣には、『きなこ』と『しじみ』が仲良く茣蓙の上で丸まっています。聡子様は日に日に元気になり、今ではお屋敷の敷地内を歩き回れるほどになっておられました。外に出すことを心配していながらも、旦那様や奥様がたいそう喜ばれたのは言うまでもありません。それでもまだ、かつて私が提案したように一緒に天聴館に出かける機会はなかったのですが。

　最初はお喋りをしながらお箸を拭いていた私たちですが、次々と目の前にお箸が積み上げられるので、だんだんと無口になりました。ものすごい数のお箸です。百膳《ぜん》どころでは済まないのではないでしょうか。聡子様が、にこっと笑って私に話しかけました。

「いっぱいありますねえ」

「こんなにたくさんお客様がいらっしゃるのですか」

「いいえ、毎年二十人くらいだと思います。聡子は出たことがありませんが、玄関を通るお客様の声を数えてみたら、去年は二十二人でした」

　聡子様が、布団の中でじっとお客様の声を数えている様子を想像して、聡子様はほんとうに随分具合が良くなったのだなあ、としみじみ思いました。

　突然、聡子様がぴくっとして、顔を曇らせました。じっと周囲の様子を窺《うかが》っておられたかと思うと、顎《あご》を上げて空を見上げます。

「聡子様？」

　私が不思議そうに声をかけたのにも気付かない様子で、聡子様はぽつりと呟《つぶや》きました。

「――雨？」

　えっ、と思って私も慌てて空を見上げました。雨が降ってきたら大変です。これだけお店を広げてしまっているのに、すぐに片付けるのはかなりの手間になるでしょう。

　けれど、空を見上げてみても、そこには暖かな色のゆるぎない青空が広がっているばかりです。どこにも天候の変わるような、雨雲の気配などありません。

「お天気ですよ」

「ああ」

聡子様はようやく夢から覚めたような声で呟きました。

「そうですね、こんなにいいお天気なのに。なのに今、なんだか雨が降り始めたような気がしたのです」

その能面のような聡子様の顔は、いつも私を不安にさせます。突然、前に椎名様と永慶様が聡子様の絵を描いた時のことを思い出しました。あの時もこんな表情だったと思います。そして、ふと私はあの時聡子様が言ったことが頭に浮かんだのです。

——誰かお客様がいらしたような気がしたのです。三人？　四人かしら。

すっかり忘れていたけれど、思えばそのあとあの春田家の人たちがお屋敷にやってきたのです。奥様ですらご存じなかったことを、聡子様が前もってご存じだったとは思えません。あれは、春田家のことだったのでしょうか？

私はふと、お箸を拭きながら心のどこかで聡子様のことが怖くなりました。初めて見た時からお屋敷の方たちは全然違う世界のひとだとは思っていましたが、その中でも聡子様は奥様や清隆様とも違うような気がしました。なんだかこの世のひとではないような心地すらしたのです。

そんなはずはない、そんなはずは。私は心の中で自分にそう言い聞かせました。この世のひとではないなどと言われて聡子様が喜ぶはずはありません。自分だってそんなことを言われたら悲しい思いをするに違いない。

それでも、私はせっせとお箸を拭きながら別のことを考えていました。きっと雨が降る。聡子様の言うとおり、今夜か明日には、雨が降り出すに違いないのだ。

「あれっ」

聡子様が小さな叫び声を上げたので、私はどきっとしました。聡子様は膝《ひざ》のお箸を放り出し、腰を浮かせて庭の奥を見つめておられます。私はその視線の行き先に目をやりました。

見ると、奥様とおよねさんが、ほこりだらけの袋から何やら小さな黒い台のようなものを取り出したところでした。聡子様は、その小さな台をじっと見つめているのです。聡子様は弾かれたように奥様に向かって走っていきました。それにつられて、私も思わずお箸を置いてついていきました。聡子様が立ち上がった拍子に目を覚ました『きなこ』も尻尾《しっぽ》を立ててついてきます。

「お母様、それはなんですか」

聡子様は息を切らせて、大きな目で尋ねました。

「聡子や、急に走っては駄目ですよ」

奥様はそう聡子様を宥《なだ》めてから、莫蓙の上にその黒い台をそっと置きました。

「ひょっとして聡子はこの書見台のことを覚えているのかい？　うちでは子供が言葉を話し始めるとこの書見台の前に座らせてお祝いをすることになってるのよ」

「いえ。覚えていません」

聡子様は莫蓙に手をつくと、その立派な書見台をしげしげと眺めました。一目で高級品と分かる、螺鈿《らでん》の細工も見事な黒塗りの台です。大事にしまわれていたと見え、年数を経ていることを感じさせるものの よく磨き上げられていました。

「まあ、二つやそこらのことだから無理もないわね。おまえは歩き始めるのと同時に話し始めたのよ。清隆も早かったのだけど、おまえはもっと早かったし、初めからはっきりと言葉を話したの。お父様もあたしもびっくりしたものだわ」

奥様は思い出すようににっこりと笑いました。

私は聡子様の目が気になっていました。さっきのような、聡子様の気持ちが見えない、黒い鏡のようになった目。そんな目で聡子様はいっしんに書見台を見つめているのです。聡子様の顔が、磨き上げられた台の上に映っているのが見えました。

その時、突然、私の足元にいた『きなこ』が鋭い金切り声を上げました。私はぎくっとして足元を見下ろしました。

『きなこ』が歯をむきだしにして書見台の方を睨《にら》み付けていました。いつもはおっとりとして穏やかな気性の猫なのに、こんなに毛を逆立てて何かを威嚇《いかく》しているところを見るのは初めてです。奥様は慌てて書見台を取り上げ、立ち上がりました。

「おお、どうしたんだろうね、珍しい。あまりにもぴかぴかで、姿が映るのにびっくりしたのかしら。大事なものなの、爪《つめ》でも立てられたら大変だ。子供たちのお祝いと『天聴会』にしか使わない書見台だからね」

「『天聴会』でも使うのですか」

聡子様が奥様の顔を見ました。奥様は頷《うなず》きます。

「そうよ。ただ、ずっと床の間に置いておくだけなんだけど。そういう決まりになっているの」

「ふうん。床の間に」

聡子様は夢見るような目付きで、まだ機嫌の悪そうな『きなこ』を抱き上げました。

私は、『きなこ』の金色と灰色の混じった目を見つめていました。その『きなこ』の目は、毛を逆立てるのはやめたものの、まだ奥様の手の中にある書見台に向けられたままでした。

このところ、春田家の奥様の姿が見えませんでした。

天聴館には葉太郎様と、子供二人の姿しかありません。それに気付いた奥様が葉太郎様に尋ねたところ、なんでも所用があって県北の実家に一人で帰られているという話でした。ところが翌日には、具合が悪くて、寝ているのではないかという噂《うわさ》がお屋敷の使用人たちの間に広がりました。彼らが言うには、天聴館の二階の部屋がずっと閉め切ってあり、子供が水を運びこんでいるのを見た。ひょっとしてそこに誰かが寝ているのではないかと言うのです。

奇妙な話でしたが、私もなんとなく気になって、お屋敷に出入りする時ついつい天聴館の二階を見てしまいます。お屋敷に出入りする誰もがそっと天聴館を窺っているのが分かります。確かに、一番はじの部屋の窓には布が掛かったままになっていますが、何やらぼんやりといつもその向こうに明かりが点《とも》っているようでした。それは、昼も夜も変わりません。言われてみれば、誰かがいるような気もします。

誰も面と向かって葉太郎様にその疑問を投げる人はいませんでしたが、ひょっとして、人に見せられないような悪い病気なのではないか、と陰口を叩《たた》く人もいました。去年から、東京ではぺすとを予防するためにネズミが買い上げられていましたし、度々これらが大流行をして各地で大勢の人が亡くなっていましたので、みんな病気の噂には敏感になっていたのです。

私の父も何度かさりげなく天聴館を訪ねていきましたが、その都度葉太郎様にていよく追い返されてしまった様子です。さすがの父も憮然《ぶぜん》とした面持ちで帰ってくるのを見て、私はなんとなく心の中ではらはらしていました。先日、廣隆様が投げ付けていった「あいつらは露西亜《ろしあ》の間 諜《かんちょう》だ」という言葉がどこかに突き刺さっていました。誰も取り合いませんでしたが、ひんやりした嫌な気持ちになったのは事実です。露西亜という言葉は、当時の私たちを一番不安にさせる言葉でした。男の人たちは何かというと悪者にしては軽口を叩く材料にしていましたが、それも、わざと日常の話題にすることで露西亜の脅威に対する不安を打ち消そうとしているように見えました。そんなどことなくもやもやとした不安な感情を、あの春田一家に対して抱《いだ》くのは嫌でしたし、いけないことのように思えたのです。けれど、こんな噂が流れていては、何か嫌なことが起こるのではないかという予感を抑えることができません。

葉太郎様は周囲の雰囲気を知ってか知らずか、相変わらずやってくるお客への応対を淡々と続けています。子供たちもいつも通り、二人で野山を散歩しているようです。私は時々二人と言葉を交わしていましたが、いつもつかず離れずで彼らの中に踏み込むことはできませんでした。

私一人だけがやきもきしているように思えました。けれど、相変わらず天聴館の二階のはじの部屋は、閉め切られたままなのでした。

ある日お屋敷を訪ねていくと、玄関に長女の貴子様がいらっしゃったのでびっくりしました。普段は親戚《しんせき》の家から女学校に通っているのですが、『天聴会』のために帰っていらしたのです。上がり口に腰掛け、足元にかがみこんでいます。長い髪に、みんなの憧《あこが》れの桜色のりぼんが鮮やかで、思わず見とれました。

「あら。新しいお手伝いの子かしら」

顔を上げた貴子様は私を見つけるときっぱりと言いました。私はとっさのことで返事ができませんでした。

「そんなところで突っ立ってないで、裏から雑巾《ぞうきん》を持ってきてここを拭いてくれない？途中で水溜《みずた》まりに引っ掛けちゃったのよ」

貴子様は袴《はかま》の裾《すそ》と足袋《たび》に付いた泥を見下ろしました。

私はどうしたらよいのか迷いました。貴子様は私のことをきつい目で見ていて、ここで私が断るなど思いもよらぬ様子です。こうなると気圧《けお》されて黙り込んでしまうたちの私は、とりあえず雑巾を取りに行くことにしました。

お勝手口の方に行くと井戸があって、そこに雑巾が干してあるのを知っていたので、私はそっと雑巾を一枚取るとそばの桶に浸して絞りました。

「何してんだよ、ねこ」

玄関に戻ろうとすると、後ろから乱暴な声が飛んできました。悪い時には悪いことが重なるものだ、と私は思わず顔をしかめました。恐る恐る後ろを見ると、廣隆様が立っていました。もう外を駆け回ってきたのか、着物はどろどろです。暫《しばら》く見ないうちに、なんだか背が伸びて、顔がごつごつしてきたように見えます。目は相変わらずぎょろ目で、くっきりした顔の濃い眉《まゆ》を吊《つ》り上げて私が何をしようとしているのか確かめようと、じろじろ遠慮なく見ているのが分かります。私は反射的に身体《からだ》を縮め、手に持った雑巾を身体の陰に隠しました。

「何隠してんだよ」

「あの、貴子様に頼まれて」

「ええ？　あのうるさいのが帰ってきてんのか」

廣隆様はずかずかと私の前に立って玄関に歩いていきます。私はそのあとに続くように玄関に入っていきました。

「遅いわねえ、何をぐずぐずしてるのよ——えっ」

貴子様はイライラしたように私の顔を睨みつけましたが、その貴子様の顔に廣隆様が何かを投げ付けました。

「きゃーっ」

べちゃっと何か緑色のものが貴子様の顔にぶつかります。よく見ると、それはアマガエルでした。貴子様は慌ててカエルを払い落とします。カエルは三和土《たたき》にぽとりと落ちました。

「いやっ、ばかっ、廣隆っ、お父様に言いつけてやるっ」

貴子様はかんかんになって大騒ぎです。私はぽかんとして貴子様が腕を振り回すのを見ていました。廣隆様は、私の手から雑巾をむしりとると、ぽいと上がり口に放り投げました。

「こいつ、中島先生んとこの娘。聡子の友達だよ。うちの使用人じゃないよ」

「えっ。あら、そんな。てっきり」

貴子様は私を見て顔を赤くし、気まずそうな表情になると、目を逸《そ》らしました。

そこに、下駄の音がして、伊藤新太郎さんが入ってきました。貴子様を見ると、新太郎さんらしい、曇りのない子供のような笑みを浮かべます。

「ああ、貴子様、お帰りでしたか」

急に、貴子様の顔が変わりました。つかのまどぎまぎしたあと、つんと顎を上げて「あとで部屋に盥を持ってきて頂戴《ちょうだい》」と言うと、雑巾を拾って足袋を素早く拭《ぬぐ》い、ぷいと顔を背けて中に入っていってしまいました。

「はい」

新太郎さんは実直に頭を下げ、外に出て盥を取りに行きました。

「相変わらずひでえ女だな。あーあ、かわいそうに」

廣隆様は鼻を鳴らすと、三和土できょとんとしているカエルを拾い上げ、私の方を見もせずに外に駆け出していってしまいました。

「あの」

たちまち廣隆様の姿は小さくなりました。私はあっけに取られて見送っていましたが、廣隆様が自分のことを助けてくれたのだと気付いたのは、後になって聡子様とおしゃべりをしている時でした。たぶん、貴子様が私に何か言いつけたのを私が断れないでいることに気付き、わざとあんなことをしてくれたのでしょう。いつもいじめられてばかりいたので、私は意外な感じがしました。でも、単に廣隆様が貴子様と仲が悪いだけなのかもしれません。どう見ても乱暴で遠慮のない廣隆様と、つんと澄ました貴子様の相性がいいとは思えませんでした。正直言って、私も貴子様にあまりいい感じを持っていませんでしたが、貴子様の方でも私のことをよく思わなかっただろうと思うと不安になりました。最初に貴子様に言いつけられた時に、違うと言えばよかったのですから。でもいきなり頭ごなしにあんな口調で言われたら、とても逆らえないではありませんか。そんなことを考えながらも、私は目の前の聡子様の表情が気になっていました。

なんとなく聡子様の様子が変でした。顔が青ざめていて、目が落ち窪《くぼ》んでいるのです。

「具合でも悪いのですか？　熱があるのですか？」

私は恐る恐るききました。聡子様はハッとしたように私の顔を見ます。

「いいえ、熱はないのですけど——、ねえ、峰子さんは夢を見ますか」

急に、聡子様は声を低めました。私もつられて声が低くなります。

「ええ、ゆうべは『きなこ』と『しじみ』が出てきました」

聡子様は小さく笑います。

「いいなあ、聡子も『きなこ』の夢が見たい。そっちの方が楽しそう」

「何か嫌な夢でも見たのですか」

「実は、毎晩同じ夢を見るのです。このところずっと」

「どんな？」

「雨の降る夢です。真っ暗な空に、たくさん雨が降るの」

「庭でもそんなことを言ってましたね」

「そうなの。あの時以来、雨の降る夢ばかり見るのです。なぜかしら」

雨。ふと、私はずっと雨が降っていないことに気付きました。裏庭で聡子様と話していた時、近いうちに雨が降るだろうと思っていたことを思い出して、馬鹿馬鹿しくなりました。やっぱり私の勘違いだったのです。聡子様が、これから先に起こることが分かるなどと思ったなんて。私は小さく苦笑いをしました。

「そういえば、久しぶりに貴子姉様が帰ってきました」

聡子様は急に話を変えると、夢見るような目つきになりました。

「ええ、さっき玄関で会いました」

私はあの騒ぎのことは口に出しませんでした。

「いいなあ。聡子も女学校に行きたい」

聡子様が心底羨《うらや》ましそうな表情になったので、私はぎくっとしました。その時私は、聡子様は、ご自分が大きくなって女学校に行けるとは露ほども思っていないことに気付きました。私の父が、聡子様が成人するまで生きられないと言っていたのが頭を過《よ》ぎりました。胸の中にどす黒い不安が込み上げます。本当にそうなのでしょうか。ひょっとして、聡子様もそう思っているのでしょうか。こんなに元気になったのに。外だって歩けるようになったのに。私には信じられませんでした。この素晴らしいひとが目の前からいなくなってしまうという日が来るなんて。私はその時、ほんの少しだけ貴子様が嫌いになりました。聡子様に将来のことを考えさせた貴子様が。私は思わずはっきりと言っていました。

「一緒に行きましょうね」

聡子様は驚いたような表情になりました。が、思いがけなくにっこりと笑いました。

「ええ。峰子さん、きっと聡子と一緒にりぼんをつけて女学校に行きましょうね」

その表情に、私は胸が詰まって何も言えなくなりました。聡子様は明るい目で私を見て微笑《ほほえ》んでいましたが、それは私に対する思いやりであり、聡子様の夢なのでした。聡子様はその日を信じていないのです。そんな馬鹿な。そんなことがあっていいのでしょうか。

私は動揺したまま、暫く聡子様と勉強をしてお屋敷を出ました。ただ、お屋敷を出る途中、ふと私は廊下でなんとなく立ち止まりました。なぜだろうと思って振り返ると、途中の部屋の床の間に、あの黒い書見台がひっそりと置かれているのが見えたのです。


なんだか生暖かい、嫌な天気でした。

次にお屋敷を訪ねていくと、聡子様は熱を出しておられて会えませんでした。この間話したことが気に掛かっていて、どうしても一目お顔が見たかったのですが、眠っているからと会わせてもらえませんでした。

私はとぼとぼと強まる風の中を歩いていきました。

曇り空にそびえる天聴館が目に入りました。今日はしんと静まり返って、誰の姿も見えません。ひとが住んでいるのを見慣れていると、無人の洋館はなんとなく不気味でした。どの窓も閉め切っているので、余計に怖い感じがします。

それでも、なんとなく私の足は天聴館の前で止まっていました。

どうしても、目が二階の隅っこの窓に引き寄せられます。奥様の姿が見えなくなって二週間近く経っていました。今日も、二階の隅っこの窓だけがぼんやりと光っているような気がしました。

あの部屋にはいったい何があるのだろう？

私はいつのまにか窓の下に引き寄せられていきました。耳を澄ましましたが、やはり館《やかた》の中は物音ひとつしません。本当に誰もいないようです。いつもなら、葉太郎様は留守にしていても、子供たちが必ずどこかにいるはずなのに。

大きな紫陽花《あじさい》の茂みがガサリと動いたので、私は飛び上がりました。

「しっ」

見ると、廣隆様が唇に人差し指を当てて茂みの陰にかがみこんでいるではありませんか。

「どうして」

「しっ、静かにしろよ。せっかくあいつら二人を追い出したのに」

廣隆様は私に手招きをしました。私はどうしようか迷いましたが、廣隆様が怖い顔で手招きをするのでしぶしぶ紫陽花の陰に隠れました。

「追い出すって」

「馬鹿だな、あのガキ二人がいたら家に入れないだろ。秀彦に頼んで、親父が呼んでるって言って呼び出してもらったんだ」

「ええっ、そんな。秀彦兄様が？　嘘《うそ》をついたんですか」

「声が大きい」

廣隆様が怒ったように言いました。

「さ、しょうがない、ねこも一緒に来い。おまえも証人だ」

「何の？」

「あいつらが露西亜の間諜だということの証人だ」

廣隆様がはっきりと言うので、私は反論しました。

「そんな根も葉もない噂を流すのは間違っています」

「だから、それを確かめに行くのさ。でも、ねこだっておかしいと思うだろ、あいつらのこと。あの女はどこに行ったんだ？　あの部屋はなんでいつも明かりが点《つ》けてある？」

そのきっぱりとした口振りから、廣隆様が天聴館に忍び込んで中を見るつもりなのだということが分かって、私はぎょっとしました。

「まさか、中に入るのですか？」

私が恐る恐る尋ねると、廣隆様は大きく頷きます。

「当たり前だ」

「でも、鍵《かぎ》が掛かってるのでは」

「この家はあいつらが来る前から知ってるんだぜ。一階のほーるの奥に、鍵の壊れてる窓が一つあるんだ。あいつらがよほど用心深くない限り、そのままになってるはずだ」

「私は帰ります」

「駄目だ。今ねこが出ていったら、誰かに見られた時に困る。このまま一緒に行動してもらわなくちゃ。よし、行くぞ」

私は泣きたくなりました。けれど、廣隆様は私の腕をしっかりつかんだまま、紫陽花の茂みを抜けてそっと館の裏側を歩いていきます。私はなんだか嫌な予感がしました。

廣隆様は迷いのない様子でするすると目指す窓の下に辿《たど》り着きました。私に身体を縮めているように目で合図すると、すっと手を伸ばして観音開きになっている窓の木枠を引いてみます。

鍵が掛かっていますように！　私は心の奥でそう叫びました。が、窓はギッという小さな音をたてて開いてしまいました。私は声もなくため息をつきました。廣隆様は満足そうに「よし」と小さく呟きます。

「行くぞ、ねこ」

廣隆様は手招きすると、身軽に窓枠に飛び乗って、私に手を差し出しました。私が躊躇《ちゅうちょ》していると、大きなギョロ目で「早く」と睨みつけます。その目が怖くて、思わず手を出すとたちまち強い力で引っ張りあげられました。廣隆様の掌《てのひら》がずいぶん大きいのに驚きながらも無我夢中で窓枠にしがみつき、なんとか部屋の中に降りることができました。

廣隆様は素早く窓を閉め、薄暗い部屋の中で息を殺してきょろきょろと辺りを見回していました。私も廣隆様の陰に隠れるようにして、初めて入る天聴館の内側を見ました。これまで怯《おび》えていたことも忘れて、思わず私はほーるの中のものにしげしげと見入っていました。

板張りのほーるには、椅子《いす》が幾つかと、畳が四枚敷いてありました。葉太郎様を訪ねてくるお客様のためなのでしょう。あとはがらんとしています。隅っこに古い小さな茶《ちゃ》箪笥《だんす》があり、違い棚に藍色《あいいろ》の茶碗《ちゃわん》がたくさん伏せてあります。

それよりも、私は初めて入る洋館のたたずまいに魅了されておりました。

そこは普段私が暮らしている世界とは、匂《にお》いも色も異なっているようでした。板張りの壁に囲まれたほーるには、不思議な明るさ、軽さが感じられました。

廣隆様は誰の気配も感じないことを確かめてから、静かに移動して開け放した扉からほーるを出ていきます。私は慌ててそのあとに続きました。

廊下の壁には、何枚か額に入った写真が飾ってありました。ちらりと目をやると、たくさんの人達が写った記念写真で、真ん中に座っているひょろりと痩《や》せた老人を囲むようにしてみんなが笑っています。偉い人なのかしら、と考えながら、私は廣隆様の背中についていきました。ものは少なく、台所などもこざっぱりして最低限のものしかありません。お屋敷の台所や我が家のごちゃごちゃした台所を見慣れている私には、何もないと言っていいような台所です。その殺風景な眺めを見るに、彼らが一か所にとどまらず旅を続けているのだという実感が湧《わ》いてきました。そして、一瞬、彼らが遠く感じられました――どこか遠い、一面の野原を歩いていく彼らの姿を見たような気がしたのです。

廣隆様は抜き足、差し足で二階への階段を上り始めました。私もごくりと唾《つば》を飲んで恐る恐る上ってゆきます。

細い廊下を歩いていくと、誰かに見られているような感じがして、私は落ち着きませんでした。一番奥の、あの部屋の扉が近付いてくるにつれ、胸がどきどきしてきます。どうやら扉は少しだけ開けてあるようです。扉の隙間《すきま》の暗がりの中はほんのりと明るく、そこに何かがあるのは確かです。

さすがに廣隆様も緊張しているらしく、背中が硬くなっているのが分かります。そろそろと扉に近付いていき、そっと中を覗《のぞ》きこんだ瞬間、

「うわっ」

小さく悲鳴を上げて身を引いたので、後ろにいた私も全身が凍り付きました。

「何が」

私が小声で尋ねると、廣隆様は真っ青な横顔で言葉を失っていましたが、それもつか

のままのことで、気を取り直してもう一度中を覗きこみました。私もそうっと廣隆様の肩越しに部屋の中に目をやります。

最初に目に入ったのは、部屋の四隅に置かれた四本のろうそくでした。水の入ったどんぶりに立ててあるようです。かなり短くなっていて、部屋の中でゆらゆらと揺れています。

そして、目が慣れてくると、私はそこに誰かが横たわっているのに気付いてぎょっとしました。

春田家の奥様です。布団の上で仰向けになっている奥様は、おなかのところで指を組み、薄い上掛けを載せて、ぴくりとも動きません。

「え——まさか死んでるんじゃあ——」

私は思わず廣隆様の袖《そで》にしがみつきました。

「いや。そうじゃなさそうだ」

廣隆様はもうすっかり落ち着きを取り戻していました。元々豪胆なひとですから、早くもこの情景に慣れて、部屋の中を観察していらっしゃいます。

奥様の枕元《まくらもと》には、深い黒のお皿が置いてあり、中に水が張ってありました。きらりと何かが光ったような気がして、お皿を覗きこむと、小さな手鏡が沈めてあるのに気付きました。なぜ手鏡が？　私は首をかしげました。

廣隆様は奥様の枕元に静かに跪《ひざまず》き、そっと耳を顔に近付けました。呼吸があるかどうかを確かめているのです。

「――生きてる。すごくゆっくりだけど、息してる」

廣隆様は奥様の腕に手を触れました。

「でも、やけに身体が冷たいな。なんなんだろう。病気なんだろうか――少なくとも、ぺ、ぺすととかじゃないな。顔色は悪くないし、肌も綺麗だ」

私はおどおどと部屋を見回しました。急に気味が悪くなったのです。

奥様はどうされたのでしょう。なぜここで寝ているのでしょう。具合が悪いのでしょうか？　ならばなぜお医者に見せないのでしょうか。私の父がわざわざ様子を見に来たのに、追い返したのはなぜなのでしょう。ここで何が起きているのでしょうか？

その時、キラリと天井に光の波が揺れました。

お皿の中の手鏡に、ろうそくの炎が映っているのが天井に反射しているのだと気付きました。

廣隆様もその光の波に気が付いたようです。

「あれっ」

その光の波の中で、何かが動きました。人の顔のようなもの――いや、たくさんの人でしょうか――まさか。この部屋には、私と廣隆様と、横になっている奥様しかいないのです。それなのに、たくさんの人の群れが手鏡に映るなんてことは有り得ません。

そう思って瞬《まばた》きしたとたん、ざわざわという音が部屋じゅうに響き始めました。

「なんだ、これ」

私だけではありません。確かに廣隆様にも聞こえているのです。廣隆様はだっと駆け出すと窓の外や廊下を見てみましたが、ひとがいる気配はありません。

「どこから聞こえてくるんだ？」

私たちはきょろきょろしました。が、何も見えませんし、それらしき音の源はないのです。けれど、だんだん音は大きくなっていきます。何も見えないのに、大勢の人たちが行き交っているような、雑踏のようなざわめきが部屋の中に響いているのです。

それでうちのじいさまが　宜《よろ》しくお伝えくださいまし　おかあちゃん七夕《たなばた》さまや　もうかなり経ってしまいましたからうちのひともどうしているのか少しずつ忘れて　探し物があると遠目に頼んで　世の中随分きなくさくなりましたな　次はどちらへ

老若男女のさまざまな呟きが潮騒《しおさい》のように聞こえてきます。その重なり合うような言葉が聞き分けられるようになりました。

ふと、部屋の中が明るくなったような気がしました。

山？

ふわりと山の連なりが目の前に浮かんだのです。澄んだ空にぽっかりと美しい山が陽に照らされて紫色に輝いています。

これは、蔵王かしら——

「ウーン」

突然、それまで置物のように全く何の息遣いも感じさせなかった奥様が、身をよじったので私たちはどきっとしました。

その瞬間、全ての気配が消え失《う》せました。ざわめきも、声も、山も、明るい空も。

そこはただの狭い、薄暗い部屋に過ぎません。

私と廣隆様はどちらからともなくその部屋を逃げ出し、気が付くと階下に降りて一目散に外に飛び出していたのでした。私の頭の中は激しく混乱していました。自分があの部屋で見たもの、聞いたものは何だったのか。果たして本当に私はあれを目にしていたのか——

私と廣隆様がようやく落ち着きを取り戻したのは、遠く離れたお屋敷の裏の林の中でした。暫くの間ぜいぜいと息を整えていた私たちは、やがて怖いものでも見るように恐る恐る顔を見合わせました。互いの表情の中にあるものを見るのが恐ろしかったのです。狐《きつね》につままれたようなというのはああいう心境を言うのでしょう。

明るい木洩《こも》れ日の中で、山鳩《やまばと》の声を聞きながら私たちはじっとしていました。そうしていると、さっき目にしたものが夢のようです。

「見たか？」

廣隆様が探るような口調でぶっきらぼうに言いました。私は小さく頷きます。

「山が見えました——朝日が当たって」

「ねこも見たのか」

その低い声で、廣隆様も同じものを見ていたのだと分かりました。

「あれは何でしょう」

「さあ」

「廣隆様は、やはり春田さんが露西亜の間諜だと？」

おずおずと尋ねると、廣隆様は膝を抱えて何事かを考えこんでおられます。

私は返事が戻ってくるのをあきらめて、じっと足元に揺れる草を見つめていました。

「このことは、誰にも言うなよ」

廣隆様は前を向いたまま鋭い横顔で言いました。私は慌てて頷きました。

その時、なぜか天聴館のほーるの隅にあったものが急に私の脳裏に甦《よみがえ》りました。どうしてそんなことをその時になって思い出したのか、自分でもさっぱり分かりません。ただ、鮮やかにパッと浮かんだのです。ほーるの茶簞笥の隣にひっそり置かれていたもの。どこかで見たようなもの。

書見台です。木でできた、漆《うるし》の剝《は》げかけた書見台。私はあれを最近どこかで見たような気がしました——どこでだったでしょう。その時の私は、ついに思い出すことができませんでした。

五、『天聴会』の夜

お祭りの日や大晦日《おおみそか》など、大きな催しのある日の朝は、空の色が違います。
普段は澱《よど》んでいる池の水をかき混ぜたように、空にいろいろなものがちらちらと舞い上がって、明るく弾《はじ》けているように見えるのです。人々の浮き立つ心に、空気もあわてふためいているのでしょうか。

晴れ上がった空。今日は『天聴会』の日です。お屋敷に招待されていてもいなくても、槙村の集落の人々は午前中に仕事を終え、ご馳走《ちそう》やお菓子を持ちよって和やかに一日を過ごすのです。子供たちは朝からそわそわとして、お勝手にいる母親の手元ばかりを気にしています。うちのお母様は、和裁を教えている生徒さんたちと、数日前から卵を使った洋風のお菓子に挑戦しているらしく、すっかりそちらにかかりっきりです。甘いもの好きの秀彦兄様は廣隆様とお勝手に出入りしては、お菓子の毒見と称して粉や卵に手を突っ込んで生徒さんたちにうるさがられていました。

丘の上を、最近流行《はや》っている輪回しをして駆けてゆく子供たちが見えます。どこからやってきたのか、道端で輪回しのしゃらんしゃらんという音が聞こえてくると、私はいつもなんとなく怖くなるのです。夕暮れの畔道《あぜみち》を通り過ぎていく輪回しの音は、時に置き去りにされるような不安な気持ちにさせるのでした。でも、男の子たちはそんな気持ちは全く感じないらしく、飽きずにしゃらんしゃらんと涼しげな音を立てて黄昏《たそがれ》の道を遠ざかってゆきます。

雑木林の中から、春田家の二人の姉弟が出てくるのが見えました。こちらを遠巻きにしています。私は足を止め、彼らの表情を見つめました。

春田家の奥様が、数日前に元気そうな姿を見せ、「向こうで風邪《かぜ》を引いたので何日か寝込みました。遅くなりましたが昨日戻りました」とお屋敷に挨拶《あいさつ》にいらっしゃると、人々の間になぁんだ、というホッとしたような気抜けしたような雰囲気が流れました。翌日には村にも、天聴館の二階のはしの部屋云々《うんぬん》の噂《うわさ》は根も葉もない馬鹿げたものだとすぐに伝わり、たちまち春田家への興味は薄れたようでした。私は、奥様がうちにも訪ねてきて、父とにこやかに話をしていたのを見ました。

私はじっと奥様の顔を廊下から観察しておりました。血行もよく、以前と何等変わりない奥様です。でも、奥様は嘘《うそ》をついておられます。あのおっとりとした、上品な口調で話す内容は偽りなのです。春田家は、あのことを隠している。奥様が「実家に帰っていた」とおっしゃる間、本当はあの暗い部屋で死んだように眠っていたのを私と廣隆様だけが見ているのです。

それが悪いことならば、私は奥様や葉太郎様に裏切られたと感じたかもしれませんし、奥様の嘘に不快なものを覚えたでしょう。しかし、あれが何なのか分からないのです。だから、私は嘘を言う奥様を初めて見るひとのようにぼんやりと眺めていました。確かにあれは異様なもの——普段の私たちが住む世界では見ることのできないものです。そのまま話したら気が変になったと思われるかもしれません。だから隠すのも当然に思われました。

私はひたすら戸惑っていました——あれが良いことなのか、悪いことなのか、そもそもどういうものなのかが理解できないのですから。戸惑いつつも、どことなく醒《さ》めた気持ちも私のどこかにありました——世界の境目、この世ならぬ私の理解を超えたものとの境目がこんな身近な、優しい顔をしたところにあったとは。

私は、世界はもっと劇的なものだと考えておりました。ひとつの激しい流れのようなものがあって、そこに投げ出されたり、飛び込んだりするというような。

けれど、実際のところはそうではないのです。いつのまにか、ひとは目に見えない流れの中にいて、自分も一緒に流れているので流れの速さを感じることができないのです。

そして、世界は一つではなく、沢山の川が異なる速さや色で流れているのでした。見たこともない川、流れているのが分からないほどゆったりとした大河、またはちょろちょろと茂みの陰を流れる支流や、ひっそりと暗渠《あんきょ》を流れる伏流水、などなど。

彼らはどうやらそういう流れの一つらしいと私は気付き始めていました。彼らは、私たちとは異なる川で生きているのです。

廣隆様はあの出来事をどう考えておられたのでしょう。あれ以来、廣隆様は春田家に対する噂をやめたようでした。

廣隆様は、初めて私がお屋敷に来た時に犬をけしかけた少年とは思えないほど、このところ日に日に大人っぽくなっていくようでした。やんちゃで乱暴な男の子は影をひそめ、青年の気配を漂わせていました。それはうちの秀彦兄様にしても同じなのですが、女顔で気性ものんびりとしたお兄様に比べ、廣隆様は元々くっきりとした顔に骨太の身体《からだ》を持っておられましたから、その変化は顕著で、見ていて不思議な感じがしました。

そう——私たちは大人になりつつあったのです。

「峰子ー、帰ってこい。どうやらお菓子が完成したらしいぞー」

遠くの方で、秀彦兄様が大きな声で私を呼ぶのが聞こえました。

お菓子と聞いて、私は一も二もなく家に向かいました。やはり天聴館に戻るつもりだったのか、近くを歩いていたあの姉弟を誘うと、「お菓子」という言葉を聞いていたのか珍しくついてきました。二人はお屋敷に来ることもほとんどありませんでしたし、どことなく周りと距離を置いているように見えたので、あまり遊びに誘う子供もいなかったのです。

お屋敷に行く、よそゆきを着た村の大人たちを横目に、私たちは家に帰りました。お勝手は大騒ぎで、甘い湯気が外に流れてくるのを嗅《か》ぐと足が速くなりました。きゃあきゃあ言いながら生徒さんたちが大鍋《おおなべ》の上のせいろを覗《のぞ》きこんでいます。

「うれしい、大成功よ」
「あら峰子さん、お帰りなさい」
「このお豆の入ったのもおいしいわ。いい考えだったわね」
「あとでお屋敷に持って行くのはそっちによけてありますからね、手を付けるんじゃありませんよ」

お母様は肩を揉《も》みながら上がり口に座ってほうじ茶を飲んでいました。朝から何回も作っているのでくたびれてしまったようです。

「おいしそうな匂《にお》い」

あまりにも人でぎゅうぎゅうづめなので、私と紀代子さんは中に入るのをあきらめ、お勝手の外の、小手毬《こでまり》の木の陰にしゃがんで鼻をくんくんさせていました。匂いにつられたのか、『きなこ』がやってきて物欲しげにか細い声で鳴いています。紀代子さんはきょろきょろと辺りを見回しました。

「あら？　光比古はどこへ行ったのかしら」

見ると、いつのまにか光比古さんは台所の中に紛れていて、生徒さんたちの着物の袖《そで》につかまって一緒にせいろを覗きこんでいます。

「まあ、あの子ったら。ずうずうしい」

紀代子さんがあきれていると、満面に笑みを浮かべた光比古さんがほかほかした蒸しぱん、のかけらを持って駆けてきました。

「あちちち。はい、お姉ちゃん、峰子さん」

熱いかけらを三つに分けて頬張《ほおば》ると、つぶした豆の匂いが広がりました。膝《ひざ》に頭をすりよせてくる『きなこ』の口に小さなかけらを入れてやります。

幸せな気分でいると、お勝手の開けた窓から生徒さんたちのお喋《しゃべ》りが聞こえてきます。

「――つね子さん、今日は随分おめかしじゃないこと？」

「新しい紅だそうよ。叔父様《おじさま》にわざわざ東京から買ってきて貰《もら》ったんですって」

「清隆様に会えますものね」

「つね子さん、ぞっこんですもの」

「あら、あなただって夢中だったくせに。つね子さんよりも早く手紙を書くわって」

「ずっと前の話よ。ね、このごろ廣隆様が随分とりりしくおなりだと思わない？」

「やだ、あなた、年下じゃないの」

「一つしか違いやしないわ。清隆様はお母様似ですけど、廣隆様はお父様似ね。きっと逞《たくま》しくて立派な方におなりだわ。前みたいにがさつなところがなくなって、大人っぽくなったって評判よ」

私たちは寄り添うようにしゃがんで黙々と蒸しぱんを食べながらも、じっと耳を澄ましていました。その小鳥のさえずりのようなお喋りにはあぜんとさせられてしまいます。私は自分が動揺していることに気付きました。いつも意地悪で泣かされてばかりいた廣隆様が急に自分の知らないひとになってしまったような気がしたのです。お屋敷に、廣隆様さえいなければどんなにいいだろうと、ずっとため息をついていたはずなのに。

急にお喋りがやんだので、私たちはハッと窓を見上げました。

見ると、生徒さんの一人がおろおろしたようにお勝手を出てきて地面を見下ろしています。今の話に出てきたつね子さんという方です。おきゃんな感じの、笑うと八重歯の可愛らしいひとです。清隆様に憧《あこが》れているひとは沢山いますが、つね子さんが昼も夜もなく恋い焦がれているという話は、前から生徒さんたちの間で噂になっていました。

いつも笑顔を絶やさないひとなのに、なんだか顔色が悪いようです。今日はせっかく紅をさしてお屋敷に蒸しぱんを持っていけるというのに、どうしたのでしょう。

「どうしたのかしら」

紀代子さんがぽつりと低く呟《つぶや》くと、最後のかけらをむしゃむしゃ食べていた光比古さんが口を開きました。

「大事な手紙を落としちゃったんだって」

ぎょっとしたように、つね子さんがこちらを振り返りました。

私たちは身体をすくめます。

「光比古！」

紀代子さんが怖い顔をして低く叱《しか》りました。光比古さんはハッとしたように口を押さえます。私には訳が分かりません。

「見たの？　どこで見たの？」

つね子さんは顔を真っ赤にしながら、光比古さんに駆け寄ってきました。その声は必死です。光比古さんも赤くなり、顔をそらすとしどろもどろに答えました。

「ううん、見たんじゃなくて、あの、ええと、そう話してるのを聞いたの」

「私は誰にもこの話をしてないわ。お願い、意地悪しないで教えて頂戴《ちょうだい》。とっても大事なものなの」

つね子さんは光比古さんにつかみかからんばかりの形相です。目にはうっすらと涙すら浮かんでいます。私たちはますます恐縮しました。光比古さんも必死です。

「ううん、独りごと言ってたよ。手紙が手紙がって」

そう言うと、つね子さんは『もしかしたら』と考えているような目になりました。やがてきゅっと唇を嚙《か》むと小さく頷《うなず》きました。

「そうね。きっとそうね。ごめんなさい」

つね子さんは無理に笑顔を作ると、再びきょろきょろ辺りに目を走らせながらお勝手に入っていきました。

私たちは思わずため息をつきました。紀代子さんが不機嫌な顔で光比古さんの頭をぺちっとぶちました。光比古さんは顔を赤らめたまましゅんとしています。

「どうしてあんたは自分が見たものを不用意に口に出すのよ。いつもあれだけ気をつけろって言われてるでしょ」

「ごめん。つい。あんまり心配そうだから」

「かえって心配させちゃったじゃないの」

怖い目で紀代子さんが睨《にら》んでいます。何をそんなに怒っているのか私には分かりませんでした。

「でも、あれ、盗まれたんだ」

「え?」

光比古さんがそう呟いたのを聞きとがめて、紀代子さんと私は顔を見合わせました。

「つね子さんの手紙を、あのひとが盗んで、それで」

光比古さんはチラッとお勝手の中に目をやりました。

「峰子さん！」

その時、パッと輝くような声がしたので私は声の方を振り返りました。と、そこにはくっきりとした目でこちらを見ている廣隆様がいたのでびっくりしました。私がびっくりした顔をしたので、廣隆様も驚いたようです。どぎまぎしたように、顔を背けると、「ほら、聡子、足元、気をつけろよ」と後ろを振り返りました。

「聡子様」

私は廣隆様の後ろについてきた聡子様を見てますます驚きました。こんなに遠くまで歩いていらっしゃったなんて。聡子様は得意そうな顔で、うっすらと汗をかいておられます。

「無理をして廣隆兄様に連れてきて貰ったの。ほんとは、途中までおぶって貰ったの。うふふ、峰子さんのおうちでおいしいお菓子を作ってるって聞いて、わがまま言って連れてきてもらったんです」

聡子様はきらきらした目で笑いながら私に向かって歩いてこようとした瞬間、突然足を止められました。

「あ」

その時、聡子様の目を見て私は胸の奥に不安が込みあげるのを感じました。

あの目です。あの、黒い鏡のような目。

その視線が、私の隣にしゃがんでいる二人の姉弟に向けられているのだと気付いたのは、やはりこれまで見たこともないような表情を浮かべている二人の顔を振り向いた時でした。


私はなぜかごくりと唾《つば》を飲んでおりました。

動きを止めてしまった聡子様を、紀代子さんと光比古さんの二人がじっと奇妙な表情で見つめています。

聡子様の口がゆっくりと動きました。

「――ありがとう」

聡子様の口から零《こぼ》れた言葉に、私たちはきょとんとしました。

その言葉は、どうやら光比古さんに向かって放たれたようなのです。

「え?」

光比古さんは自分の顔を指さして首をかしげました。

「あら? なぜかしら」

自分が話した言葉に今初めて気付いたというように、聡子様は瞬《まばた》きをしました。

「ええと、天聴館にいらっしゃる方たちですよね? はじめまして、槙村聡子です」

聡子様も首をかしげながら、じっと二人を見つめました。

「なんて不思議なんでしょう。なぜかたった今、あなたの顔を見たとたん、嬉《うれ》しい気持ちでいっぱいになって。あなたがどこかの丘の上に立っている姿が見えました。なんだか、私にとってとても大事なことをしてもらったような気持ちになって、お礼が言いたくなったのです」

聡子様ははにかんだように笑いました。

紀代子さんと光比古さんは驚いたように顔を見合わせました。紀代子さんはまじまじと聡子様の顔を見ています。

紀代子さんの顔に信じられない、というような表情が浮かびました。

「あなたは――『遠目』？」

紀代子さんがぼそりと呟きました。聡子様がきょとんとしてるのを見て、紀代子さんはちょっと慌てたような顔になり、「なんでもありません」と小さく手を振りました。

「はじめまして、旦那様《だんなさま》にはいつもお世話になっております。私は春田紀代子。こちらは弟の光比古です」

二人が真面目《まじめ》に頭を下げるのを見ながら、今、紀代子さんは何と言ったのだろうと私は考えておりました。なんだろう――とおめ？　そう聞こえたけれど。

廣隆様と聡子様がお勝手に入ってゆき、生徒さんたちの間に華やいだ歓声が上がるのが聞こえます。ふと、なんとなく振り返ると、なぜか慌てたように帰っていく紀代子さんの後ろ姿が目に入りました。光比古さんは、落ち着かない表情でもじもじしながらお勝手の外に残っています。

「どうしたのですか」

私が尋ねると、「ん、ちょっと」とお勝手の中を覗きこんでいます。その顔は青ざめていて、そわそわと落ち着きません。

「どこか具合でも悪いのですか」

更に尋ねると、光比古さんはぽつんと呟きました。

「あのね、あの蒸しぱんの中に、あのひとの手紙が入ってるんだ」

「え？」

私はあっけに取られて光比古さんの顔を見ました。

「手紙？」

「うん。あのおねえさんがさっき探してたでしょ。あれ、蒸しぱんの中に入ってるの」

「どうして」

「別のおねえさんが入れたから」

光比古さんがそっとお勝手の中を覗きこみました。その視線の先を見ると、勝気で通っている生徒さんの一人が目に入りました。それでようやく私にも事情が飲みこめました。悪戯《いたずら》なのか意地悪なのかはよく分かりませんが、きっとつね子さんに恥をかかせようとしているのでしょう。つね子さんが清隆様にぞっこんなのを知っていて、この日のためにつね子さんが清隆様に書いた手紙をこっそり持ち出して蒸しぱんのたねの中に入れてしまったのです。今日は『天聴会』で大勢のお客様がお屋敷にいらしていますから、そのうちのどなたかが手紙の入った蒸しぱんを見つけるはずです。お酒も入っていますから、なかには、見つけた手紙に大騒ぎをして、面白おかしく読み上げたりするような人もいるかもしれません。さっきうっすらと目に涙を浮かべていたつね子さんを思い出して、私はどきどきしてきました。そんな目に遭えば、暫《しばら》くの間、村で笑い者にされてしまうでしょう。それではつね子さんがかわいそうです。

「見たのですね？」

「うーん。見たというか。うん」

光比古さんは曖昧《あいまい》な返事をしました。

「どうしましょう」

私たちは顔を見合わせました。手紙を蒸しぱんに隠した人はひどいことをしたけれども、その人とつね子さんが仲たがいをするようでは困ります。

「どの蒸しぱんに入っているか分かりますか？」

私が尋ねると、光比古さんは左右に首を振りました。もしやと思ってきいてみましたが、それはそうでしょう。同じような丸い蒸しぱんがせいろの中にずらりと並んでいれば、見分けなどつきっこありません。

私たちがどうすればよいのか思いつくことができずにうろうろしていると、お母様と生徒さんたちが、完成した蒸しぱんを大皿に載せて次々とお屋敷に向かって運び出してゆきます。あんなにたくさんあるのでは、どれに入っているのやら皆目見当もつきません。私と光比古さんは、青ざめた顔でお皿を運んでいくつね子さんの後ろ姿をじっと見送りました。

お屋敷の中は、華やいだ笑い声があちこちからさざなみのように押し寄せてきていました。広間が開け放してあって、そこここで大勢の人が集まってお喋りをしているのです。

部屋は自然と世代ごとに分かれていました。若い人たちはみんなおめかしをしていて、部屋の中も艶《あで》やかな感じがします。お年寄りたちや男の人たちの部屋は、みんな話に夢中で、お酒も入っているせいかだんだん声が大きくなってゆきます。時折にこやかな笑みを浮かべ、村の人と挨拶を交わしながら奥様がお部屋を回っていらっしゃいます。

私と光比古さんは、廊下を行き交い出入りする人たちの間を縫って、そうっとお屋敷の中を歩き回り、蒸しぱんの皿を探していました。女の人たちがてんてこ舞いしている広いお勝手は、下手《へた》に足を踏み入れると叱られそうな雰囲気でしたが、あの大きなお皿は見当たりません。

「どこに持っていったんだろう」

客間にも、見当たりません。奥の広間の障子をそうっと開けると、十人ほどの少人数の宴会の用意がしてありました。どうやらここが、『天聴会』の一番大事な夕べが開かれるところなのでしょう。こんなにこぢんまりした人数で開かれるとは知りませんでした。あの蒸しぱんは、この大事なお客様たちが必ず召し上がるはずです。

「あれっ」

そこで光比古さんが小さく声を上げ、正面に置かれているものに目をやりました。

「すごい、うちのと似てるなあ」

私はなんとなくハッとしました。

蔵から出した、あの大きくて立派な書見台です。正面に置かれているところを見ると、『天聴会』で使うのでしょうか。宴会でなぜ書見台など使うのでしょう。

光比古さんは、無邪気にぱたぱたと部屋に入っていくと、書見台の前にちょこんと座り、手を伸ばしました。

「あっ」

私が慌てて呼び戻そうとした瞬間のことです。

部屋全体がパッと明るく輝いて、私は思わず目をつむりました。と、同時に、ずしりという激しい地響きのようなものが起きて、部屋が揺れたような気がしました。

思わず私はその場所に座りこみました。

地震？

恐る恐る顔を上げましたが、部屋は静まり返ったままです。光比古さんは、少し前に見た通り、正座して書見台の前に座っています。

気のせいだったのでしょうか？

ふと、私は光比古さんの様子がおかしいことに気付きました。

「光比古さん？」

声を掛けても返事がありません。

「光比古さん！」

私はぞっとして叫びました。

光比古さんは驚いた表情のままで、文字通り固まっていました。手を書見台に触れ、かすかに口を開けています。

何が起きたのでしょう？　さっきの光はなんだったのでしょう？

私は頭の中が激しく混乱してしまって言葉を失っていました。あまりにも信じられないようなできごとが目の前で起きたので、どうすればよいのか分からなかったのです。

光比古さんはぴくりとも動きません。仏像にでもなったかのように、瞬きもせずに座っているのです。

まさか、死んでしまったのでしょうか？　野良仕事をしていて、雷に打たれて死んでしまった友達の家族のことを思い出し、雷が落ちたのだろうか、と私はぼんやり考えていました。そうだ、きっとそうに違いない。私は必死にそう思いこもうとしました。お屋敷の部屋の中にどうやって雷が落ちたのかなんてことは思い付きもしませんでした。

私は、光比古さんの真似《まね》でもしているように動けなくなりました。頭の中が考えるのをやめてしまったのです。

「――峰子さん？」

どれくらいの間そうしていたのでしょうか。本当のところは、とても短い時間だったのでしょう。けれど、私にはとてつもなく長く感じられました。

その声を聞いて、私はハッと我に返りました。

開いた障子の向こうから、廣隆様と聡子様がこちらを見ていました。

安堵《あんど》と恐ろしさがいっぺんに身体じゅうに広がってきて、私はしどろもどろになりました。

「あの、私、光比古さんが、光比古さんが、あの前に座って、あれに触ったら急に、あんなふうに」

すぐに動いたのは廣隆様でした。座敷の中に駆けこむと、光比古さんの顔を覗きこみ、肩をつかむと頰を何度か軽く叩《たた》いてみました。けれど、光比古さんの目は明らかに何も見ていません。

「おい。どうした。おい！」

廣隆様は徐々に声を荒らげると大きく光比古さんを揺さぶりました。

みんなで息を飲んで反応を見ますが、何も返ってきません。

廣隆様は真剣な表情になると、光比古さんを畳の上に横たえました。胸元に耳を当てて、心臓の音を聞きます。

すぐに何かを決心したように、キッと私の顔を見ました。

「ねこ、中島先生を呼んでこい。大急ぎだ。あと、天聴館に行って、春田さんを」

「は、はい」

私は弾かれたように立ち上がり、聡子様の心配そうな顔をどこかで見ながら部屋を出て廊下を駆け出しました。私はよほど血相を変えていたのでしょう、お部屋で寛《くつろ》いでいた村のひとたちがびっくりして私を見ているのが分かりましたが、それどころではありません。私はお屋敷を飛び出し、走って走って転がるようにお父様のところを目指しました。

お父様は、ちょうど一人のお年寄りの診察を終えて手を洗っているところでした。私の拙い説明を聞き、すぐに診察鞄を詰め始めたお父様を見てから、私は天聴館に向かいました。

あまりにも思い切り走ったものですから、全身がばくばく言っています。けれど、足を緩めることはできませんでした。それほど私は慌てていたのです。

私が天聴館に飛びこんだ時、ハッとしたように紀代子さんが私を振り向きました。ちょうどお屋敷に出かけようとしていたのでしょう、葉太郎様と奥様が身支度をしている最中でした。私は思わず叫びました。

「光比古さんが」

お屋敷の中は大騒ぎになっていましたが、槙村の奥様が大丈夫だからと皆さんを宥《なだ》め、これまで通りお喋りを続けるよう頼んでいるのが聞こえます。私が春田家の三人と戻ってきたのをみんなが不思議そうに見ているのを感じながら、構わず奥の部屋に戻りました。

お父様が、畳に寝かせられた光比古さんの目を指で押し広げたり、心臓に聴診器を当てたりしていましたが、当惑している様子が伝わってきます。

「これはいったい——息もきちんとあるし、心臓も動いている——まるで仮死状態のようだ」

相変わらず光比古さんは目を開け、かすかに口を開けたまま凍りついたようです。

「光比古」

葉太郎様がはっきりとした声で、耳元で呼び掛けますが全く返事がありません。

「ううん。こりゃ駄目だ。どうしてこんなことに」

青ざめてはいましたが、葉太郎様は落ち着いておられました。ふと、私は天聴館の奥の部屋で横たわっていた春田家の奥様のことを思い出しました。ちらりと奥様を見ると、奥様も険しい表情で光比古さんの顔を見ています。その様子に、なんとなく、慣れのようなものを感じたのは私だけではないようでした。お父様も、廣隆様も怪訝《けげん》そうな顔でお二人を見ています。

「峰子さん、光比古はどんなふうでした?」

葉太郎様が考えこむようにしながら私に声を掛けました。

「二人で探し物をしていて、この部屋に入りました。すると、光比古さんがあの書見台を見つけて、ぱっと駆け寄ってその前に座ったんです。そのとたん、雷のような明るい光が見えて、部屋が揺れました。そうしたら光比古さんはもうそんなふうに」

我ながら誰も信じてくれないような説明だと思いました。実際、お父様は何をおかしなことを言っているんだという目で私を見ていましたし、私も話しながら恥ずかしくなってしまったほどです。けれど、葉太郎様は疑う様子も見せずにじっと私の顔を見ておられました。

「——書見台?」

そう呟くと、葉太郎様は部屋の中を見回しました。部屋の隅に押し退けられたあの立派な書見台を見つけると、「おお」という小さな声を上げてそれに近付いてゆきます。

「これはどうしたことだ。なぜこれがここに」

独り言が聞こえ、葉太郎様はその書見台を持ち上げると、その前に座りました。

とたんに表情が変わります。みるみるうちに青ざめていくのが傍目《はため》にも分かりました。

「凄《すご》い。これにいきなり触っちまったのか。それじゃあ無理もない」

葉太郎様はため息をつくと、書見台をもう一度部屋の隅に置きました。

「あなた」

奥様がちらりと葉太郎様を見ると、葉太郎様は小さく頷きました。

「光比古は『響いて』しまったんだ——本人も思ってもみなかったほど大きく」

葉太郎様は腕組みをしながらゆっくりと光比古さんの方に歩いてきます。

「呼び戻せるか——あんなに『響いて』しまっては、光比古自身はどこかに跳ね飛ばされてしまってるだろう」

「探せますか？」

「分からん。とにかく凄い力だ。あの書見台の持ち主はよほど引き出しが広かったらしい」

「誰でしょう」

「思い当たる者がいない」

「とにかく呼んでみましょう」

お二人はぼそぼそと会話を交わしておられますが、周りにいる私たちはあっけに取られてお二人を見守っておりました。何を言っているのかさっぱり分からないのですから仕方がありません。中でも医者であるお父様はさっきから見たことのないことの連続らしく、慌てて口を開きました。

「これはいったいどういうことなんだね？　こんな話は聞いたことがない。この子はどうしてしまったんだ？」

葉太郎様と奥様は、あきらめたような顔で私たちを見ました。

「先生、ご尽力ありがとうございます。私たちは少し変わった身体なのです――身体というよりも、恐らく心の在りようが違っているのだと思っているのですが――」

葉太郎様が静かな声でそう言いました。

心の在りよう。

私はその言葉がくっきりと心の中に刻みこまれるのを感じました。それはどのように違うのでしょうか。それはどんな世界を見せてくれるのでしょうか。

「あんたたちは、『常野』だね？」

お父様が低い声で言いました。

お二人はハッとしたような顔になりましたが、一瞬顔を見合わせてから頷きあい、

「はい」と私たちを見て答えました。

「ご存じでしたか」

「うむ。話は聞いたことがある。お屋敷の先代にも聞いたような気がする」

「そうですか」

部屋が静まりました。葉太郎様が決心したように顔を上げました。

「皆さん、恐れ入りますが、お静かにお願いいたします」

葉太郎様と奥様は、光比古さんの左右を挟むように座り、光比古さんの手を握りました。

みんなはいつのまにか後退《あとずさ》って、三人を遠巻きにしています。紀代子さんも青ざめた顔でその中にいました。

お二人は目を閉じて、じっと何ごとかに集中するように眉《まゆ》の辺りを少しだけしかめました。

辺りはしんと静まり返りました。遠くの座敷で笑い声が聞こえていましたが、だんだ

ん遠ざかっていくような気がしました。

誰ひとり、身体を動かそうとはしません。これから起こる何かに、みんな期待しつつもその何かを恐れているのです。

夢を見ているようでした。これは夢で、お屋敷でみんなと座っている夢を見ているのではないかと思ったほどでした。

突然、部屋の中が暗くなりました。

みんな同時にそう思ったらしく、遠巻きにしている者が全身を硬くするのが分かりました。と、暗くなったと思ったのは、天井がどんどん遠ざかっていくからだと気付きました。

天井が見えないのです。花鳥風月の描かれた天井の絵がどんどん上へ上へと高く上がってゆきます。天井だけではありません。ふと目を動かしてみると、壁もそうなのです。四方の壁がぐんぐん遠ざかってゆきます。

まさか、そんな。

それは目の回るような眺めでした。ひゅうひゅうと風の音が耳元に聞こえてきます。それくらい凄《すさ》まじい速さで天井が上がってゆき、見たこともないような巨大な空間が私たちの周りに広がってゆくのです。

そこは、何か大きなものの気配が濃厚に漂っていました。『何か』としか呼べないものです。心の在りよう。さっきの葉太郎様の言葉だけが私の中で繰り返し鳴り響いていました。これは、大きな誰かの心の中なのだ。私はふとそう思いました。

みつひこ

突然、鐘の音のような大きな声が聞こえてきてぎょっとしました。

少ししてから、それは奥様の声だと気付きました。この巨大な空間の中で、光比古さんを探しているのです。

みつひこ

今度は葉太郎様の声が聞こえました。奥様よりも更によくとおる、凜《りん》とした声です。すると、何か大きなものの気配が遥《はる》か高いところから近付いてくるような感じがして、みんなが上を見上げました。

「あ」

誰かが思わず小さな声を上げました。

光比古さんです。光の点のような小さな光比古さんが、上の方に浮かんでいます。

葉太郎様と奥様は繰り返し響き合う鐘のような声で光比古さんの名前を呼び続けていました。じりじりと少しずつ近付いてくるのですが、ようやく姿がはっきりしてきたという辺りからなかなかこちらにやってきません。

じっと目を閉じて呼んでいるお二人の顔に疲れが見え、じりじりと光比古さんは遠ざかり始めました。

光比古さん?

その時、はっきりした明るい声が響いてきたので私はびっくりしました。

それは、聡子様の声だったのです。

葉太郎様と奥様がハッとしたように目を開けるのが見えました。それと同時に、それまで座敷の隅で座って見ていた聡子様が横たわっている光比古さんの頭にするすると近寄り、額にぱっと手を当てられたのです。

部屋が明るく輝きました。桜色の、暖かい、まばゆいばかりの色です。

風を感じました。暖かい、春の風です。明るい風は、聡子様の手元から送られてくるようでした。そして、その聡子様の手から何か白い光のようなものが放たれているのに気付きました。白い、幅の広いその光はどんどん頭上に上ってゆきます。その行方を見守っていると、米つぶほどまでに小さくなっていた光比古さんにあっという間に追いつくのが分かりました。光はどんどん光比古さん目掛けて流れこんでゆきます。

みんなが眩《まぶ》しさをこらえて頭上を見上げています。

すると、全ての光を取りこんだかのようにきらきらと輝く光比古さんがどんどん大きくなってきました。みるみるうちに姿が大きくなり、まるで山のてっぺんから落ちてくるみたいに近付いてきます。

ぶつかる！

そう思って目を閉じた瞬間、座敷がまたずしりと鳴ったような気がしました。

何か、糸がプツリと切れたかのような疲れを感じ、遠くの座敷の笑い声が近付いてきました。

ゆっくりと目を開けると、そこはいつものお座敷でした。

みんな、辺りをきょろきょろし、天井を見上げながらぼんやりした顔をしています。

光比古さんの足がぴくっと動いたのでみんなの目が引きつけられました。

「光比古」

奥様が疲れた顔で光比古さんの顔を覗きこむと、光比古さんは何度も瞬きをして、大きく息をし始めました。

「――聡子様？」

小さい声が漏れます。みんなはその声につられて、光比古さんの額に手を当ててじっとしている聡子様を見つめました。聡子様はそれまで閉じていた目を開き、びっくりしたような顔で私たちを見ています。光比古さんがのんびりした声で呟きました。

「僕、聡子様を『しまった』んだね？」


今、光比古さんはなんと言ったのでしょう？　聡子様を『しまう』とはどういう意味なのでしょうか。

葉太郎様が何か言おうとした時、襖《ふすま》をどんどん叩く音がして、血相を変えて旦那様と奥様が飛び込んできました。

「いったい何があったんです？」

奥様は真っ青な顔で私たちを見回しておられます。みんな、ハッと我に返った様子で、戸惑っています。自分たちがたった今経験したものをどう表現してよいのか迷っているのでしょう。私もまだ夢から覚めていないような心地がしました。

「何がというのは？」

廣隆様が尋ねました。奥様と旦那様は驚いた顔になりました。

「部屋の中から幾度も稲光のような眩しい光が漏れたのよ。呼んでも返事はないし、襖はびくともしないし」

「へえ」

外から見るとそんな状態になっていたとは思いませんでした。みるみるうちに遠ざかっていった天井。小さく浮かんでいた光比古さん。光。あれは夢ではなかったのです。

「君に尋ねたいことがある」

葉太郎様が、考え込むような表情で旦那様に声を掛けました。

「あの書見台はどこで手に入れたんだい？」

座敷にいた者が皆、示し合わせたように部屋の中に置かれているあの立派な書見台に目をやりました。

旦那様は書見台を見、葉太郎様を見て、じっと考え込んでおられましたが、やがて呟きました。

「それは、『天聴会』で話そう」


思ったよりもこぢんまりとしたお座敷でした。

お屋敷には広い座敷がたくさんございましたし、きっと『天聴会』には一番広いお座敷を使うのだろうなと思い込んでいたのです。

それに、意外だったのは、村の長老や有力者と呼ばれる方々がその晩どなたもいらっしゃらなかったことでした。いらっしゃるのは池端先生や、椎名様や、永慶様といったお屋敷の客人、いわば身内のような方たちです。そのせいか、あまり緊張はしませんでした。

分家の方たちはいらっしゃいません。旦那様、奥様、お子様たち。旦那様は権威やしきたりにうるさい方ではなく柔軟な方ですから、男女でことさらに区別されるようなことはございません。けれど、どうやら奥様もこの会に参加されるのは初めてのようでした。居心地が悪いのかそわそわしておられます。もちろん、お子様たちも初めてらしく、『天聴会』がこのようなものだったのかと辺りをきょろきょろしておられます。

そして、春田家の方々が並んで座っておられます。何か覚悟を決めたかのように、誰も口を開くことなく書見台を見つめています。

電灯は使わず、部屋は四隅に大きなろうそくが置かれていました。こぢんまりした座敷なので、かなりの明るさです。真ん中には、口の大きな青銅の花瓶が置かれていて、中に水が張ってあります。そして、あの書見台は床の間の正面に置かれていました。が、旦那様はその前には座りません。さっき光比古さんが触れた時の印象が鮮烈だったせいか、なんだかそれは異様なものに見えます。まるで、書見台が部屋の主であるかのように不思議な存在感を持ってそこにあるのです。これから何が始まるのでしょう。

なぜ旦那様が、私もその会に参加させてくださったのか、今でもよく分かりません。本来ならば子供が参加できるようなものでなかったのは明らかです。それはたぶん私のためではなく聡子様のためだったのでしょう。聡子様は、なぜかひどく動揺しておられました。奥の部屋で一緒に食事をいただいていた時も、ぴったりと私の側《そば》に寄り添うようにしていて、顔は青ざめたままでした。具合はいかがですかと何度も尋ねたのですが、だいじょうぶです、身体の調子は良いのです、と口の中で呟いているだけです。私も口には出しませんでしたが、それがさっきのあの体験のせいであることは想像がつきます。

あれが異常な体験であったことは間違いがないのですが、こうしてひとがたくさんいるお座敷に座っていると、本当にあったことなのかだんだん分からなくなってきます。同じ体験をしたはずの廣隆様の平然とした顔を見ると、私が「さっきのことですが」とお尋ねしても「なんだそれは？」と言われるのではないかという気がしてくるのです。

ほうじ茶と、お皿に分けられた蒸しぱんの載ったお盆が運ばれてきて、私はあっと思いました。すっかり最初の目的を忘れてしまっていたことを思い出したのです。

私はちらっと光比古さんを見ました。が、光比古さんも忘れているようでぼんやり座ったままなのです。私はもう仕方がない、と腹をくくりました。それに、この顔ぶれだったらもし手紙が見つかってもそんなに大事には至らないだろうと思ったのです。

「今夜は『天聴会』にお集まりいただきありがとうございます」

みんなにお茶とお菓子がゆきわたったところで、旦那様が頭を下げられました。

なんとなく部屋の中がしんと改まります。こんなふうに大人の席によばれたことはなかったので、私はこちこちに緊張しておりました。池端先生の隣にはお父様が座っていて、私がきちんと座っているか時々ジロリと睨んでいたせいもあります。お父様は、これまでに何度か『天聴会』に参加していたようでしたが、この顔ぶれには戸惑いを隠しきれない様子でした。本来、『天聴会』は村の功労者を慰労する会のはずだったからでしょう。

「今年は些《いささ》か変わった形式を取らせていただくことにいたしました。私の妻子がここに参加させていただくのはこれが初めてです。迷ったのですが、当家にご滞在いただいている皆さんにも参加していただくことにしました。というのも、私は今ここに春田葉太郎君たちが居合わせたのは何かの縁、先代の導きのようなものを強く感じたせいであります」

旦那様は静かですが聞き取りやすいはっきりした声でおっしゃいました。

四方の炎に照らされて、うっすらと重なりあった影が襖に映っています。今にもあの影が天井に向かって伸びてゆきそうで、恐ろしいような心地がします。

「春田君たちに対し、皆さんもお気付きの通り、根も葉もない憶測が流れております。ここにいらっしゃるのはいわば私が家族同様に思っている方々。その方たちにははっきり説明しておきたいと思っております。一つお願いがございます。私は皆さんを信用しております。今夜ここで話されたことは他言無用に願いたいということです」

その「他言無用」という言葉にずしりとした重みを誰もが感じたはずです。旦那様にこう言われたら、誰でも従わずにはいられません。それと同時に、これから話されることがとても大事な、槙村の秘密のようなものなのだとみんなが感じていたのです。

「もう百年以上も前のことになります」

旦那様はおもむろに語り始めました。ろうそくの炎がゆらっと揺れたような気がいたしました。

「当時の槙村はまだ家も小さく、集落もたいしたものではありませんでした。ほとんどの家は貧しく、当時の当主も自分たちが食べていくのがやっとだったのです。中島先生はご存じかと思いますが、槙村の集落は、かつてはもっと南寄りにございました。今はもう山の形もすっかり変わってしまいましたが、本来は今のブナ山の向こう側であり、田代川《たしろがわ》もずっと遠くを流れていたのです。当時は田畑に水を引くのに大変な苦労をしたようです。中島先生は、ブナ山と田代川が今のような形になった理由もご存じですよね」

旦那様はお父様をちらっと御覧になりました。お父様は小さく頷きます。

「出羽《でわ》の方で大地震があって、当時雨続きで地盤のゆるんでいた山が崩れたそうだ」

「そうです。激しい山津波で山の形が変わり、川の流れる場所も全く変わってしまいました。もしかすると、当時の槙村が集落ごと土砂に飲み込まれてなくなっていたかもしれないといいます。ところが、槙村はこの難を、地震が起こる前日に移動することで辛くも逃れているのです」

旦那様はお茶で口を湿らせました。それを見た他の方々も、つられたように茶碗《ちゃわん》に口を付けます。

「その少し前になりますが」

旦那様は再び口を開きました。

皆、茶碗を手にしたまま魅入られたように旦那様の顔をじっと見ています。

「当家では長男に嫁を迎えておりました。度々の飢饉《ききん》を逃れるのが精一杯でとても貧しく、なかなか嫁の来手などなかったので、大喜びでした。山を越えた遠い集落から来た娘で、よく働く美しい娘だったそうです。子供も生まれて、何の不満もなかったのですが、家族はやがて奇妙なことに気付いたのです」

ろうそくの炎がゆらゆらと揺れて、部屋の中にねっとりとした暖かい空気が流れていました。半分眠っているような、それでも身体のどこかがはっきりと目覚めているような不思議な心地です。

「その嫁は、何しろよく天気を当てるのです。最初は『山育ちだから』と説明していたのですが、遅霜や雹《ひょう》など、どうみてもすぐに予想できるようなものではありません。みんな勘の良い嫁を重宝しておりましたが、ある日、野良に出ていたところ、突然に『急いで馬を引いて七ヶ辻の柿の木の下に行ってくれ』とせがむので、男衆がその通りにしてみたところ、村の女が赤ん坊を抱いたまま卒中を起こして倒れていたということがあり、逆に気味悪がるようになりました」

ふと、どこかで聞いたことのある話のような気がしました。

「当主はこっそりと嫁の出自を調べました。すると、どうやらその嫁は、北の方に広く散って暮らしているある一族の娘だったことが分かったのです」

「常野だな」

お父様が呟きました。何度か聞いた言葉です。そして、不思議と懐かしい響きのする言葉です。旦那様、そして、心なしか葉太郎様が頷いたような気がしました。

「その一族はある種の不思議なちからを持っていたと言われていましたが、皆目立たずにひっそりと暮らしていました。なんでも、古くからの一族の言い伝えで、ひとの上に立ったり、固まって暮らすことを禁じられていたそうです。そういった一族は純血を望むものですが、彼らはより広く一族以外の者と婚姻することを勧めたとか」

お座敷に座っている皆の注意が、なんとなく一つの方向に寄せられていくのが分かりました。並んでじっと座っている春田家の方々へです。さっきから、四人は身じろぎもせずに静かに座っておられます。それは、四人とも旦那様の話を聞く前から承知していたかのように見えました。

「そして、問題の年、ある穏やかな秋の午後に、雨が降り始めました。最初は大した降りではなかったようです。しかし、すぐにくだんの嫁がそわそわするようになりました。みんな、嫁の様子がおかしいのに気付いたのでどうしたのかと聞くと、『山が崩れる』と言うのです。それまでのことからみんなびっくりしましたが、さすがに俄《にわ》かには信じがたい話です。しかし、嫁はますます落ち着きがなくなり、早く家財道具をまとめて集落の端まで逃げるように手を突いて頼むのです。ようやく収穫期を迎えようとしていた矢先で、家財道具をまとめて移動するなど無茶な話です。けれど、嫁は村じゅうを駆け巡り『早く、早く』と訴えます。槙村の嫁は気がふれたのではないかとまで言われたそうです。ところが夜半になって、急に雨足が強くなりました。普段は台風くらいでは山はびくともしないのですが、なんとなく嫌な雰囲気になったのです。『何もなければそれで済む話だ、そこまで嫁が言うのならば我々だけでも移動しよう。これまで何度も嫁の言うことで助けられてきたではないか。それで嫁の気が済むのならば、それでいいではないか』ということになり、家財道具をまとめてようやく腰を上げたのです。雨はどんどん激しくなります。村の外れの、前にいた住民が疫病でなくなり空き家になっていたところにとりあえず荷物を運びこみました。雨は激しくなります」

目の前にその光景が浮かぶようでした。

暗い闇《やみ》の中、篠《しの》つく雨の中を、大八車を押してのろのろと移動していく人々。心の中ではなぜこんな馬鹿なことをという気持ちと、もしかしたらという気持ちが互いに押したり引いたりを繰り返している。

「みんなが疲れて休んでいると、嫁はますます落ち着かなくなりました。そして、決心したように、夫たちの前に座って『頼みがある』と言い出したのです。『もしも私の言ったことが当たっていたら、将来私の一族がやってきた時に面倒を見てやってほしい。そのためにも、この地でしっかりと礎《いしずえ》を築き、この地を豊かにしてほしい』。そういう申し出だったそうです。みんな疲れていたので生返事でしたが、嫁はほっとしたようでした。それを合図にみんなは横になりましたが、夜中に半鐘の音ではっと目覚めました」

闇の中に響く半鐘の音色を聞いたような気がしました。

「村の外れの高台にある半鐘を鳴らすのは、ぬきさしならぬことが起きた時だけと決められていましたので、集落の人々は何が起きたのかも分からずに、着の身着のままで飛び出してきました。そして、彼らが移動を始めたとたん、地震が起こったのです」

誰かがごくりと唾を飲みました。

「地震が起きてから家を出たのでは間に合わなかったでしょう。家ごと潰《つぶ》れていたか、すぐに土砂に飲み込まれていたかどちらかだったに違いありません。みんなが集落の外れに逃げてきた頃には、最初の山津波が起きていました。凄まじい地響きと揺れに、立っていることもできなかったほどだと言います。闇の中で、いったい何が起きていたのかも分からなかったそうです。当家の者はあまりのことにみんなで抱き合って震えていましたが、ふと、嫁がいないことに気付きました。村の外れまで行って半鐘を鳴らしたのは嫁だったのです。しかし、地震が起きている間もずっと鐘を鳴らし続けた嫁に逃げるすきはありませんでした。そのまま土砂に飲み込まれてしまったのです」

旦那様は再びお茶で口を湿しました。

「一夜明けてみると、あまりの惨状に村人は言葉を失いました。それまでの集落は全て土砂に埋もれていた上に、山の形がすっかり変わってしまっていたのです。当家の者は、必死に嫁を探しましたが、結局見つからず、半鐘が出てきただけでした」

旦那様がふと、言葉を止め顔を上げると、襖の向こうに目をやりました。

「その半鐘が、今うちの前にあるものなのです」

みんなが「ああ」という表情になりました。あの半鐘が、そんなに古いものだったとは。

「何も持ち出すことはできませんでしたが、集落の者で嫁の他に山津波の犠牲になった者が誰もいなかったのは奇跡としか言いようがありません。以来、槙村の者は半鐘を鳴らした嫁の望みをかなえるために、一丸となって頑張ってきたのです。わずかばかりの家財道具を持ってこられたのは当家だけでしたので、それをみんなで使って、一から出直したのです。集落は潰れてしまいましたが、川の流れが変わったので、土地が徐々に肥えてきました。そうすると、ほんの少しずつ余裕が出てきて、今日の槙村の礎ができたのです」

話が一段落して、誰からともなくほうっというため息が漏れました。

「そうか。やはり君の家にはうちの一族の血が入っていたんだね。その娘の話を聞いたことがある」

葉太郎様が腕組みをして呟きました。旦那様は静かに頷きます。

「あとで聞いたところによると、その嫁は『遠目』と呼ばれていたそうだ。遠くのことや、ずっと先のことが分かるのだそうだね。それ以来、槙村では常野の一族の者がこの地に現れた時にはあらゆることをしてねぎらうべし、というのが家訓になっている」

「『遠目』もひとによってちからの大きさが違う。その娘はかなりの強さがあったらしく、一族でも語り草になっているほどだ。君のうちに嫁に来る時から、将来こうして子孫が君のうちに世話になることまで見通せていたのだろう。大体うちの一族が一族以外の者と一緒になる時は、将来その者たちが重要な役目を背負っていることを予感していることが多いんだ」

「重要な役目か」

旦那様は呟き、再び顔を上げました。

「不思議な因縁だな。我々はずっと続いている。先祖に生かされているんだなと、この話を思い出す度に考える。更に、話は三十年ほど前のことになる。その頃、やはり君の一族がここに滞在しているんだ」

「やはり」

葉太郎様が低く唸《うな》り、ちらりと書見台に目をやりました。

「そう、この書見台はその時譲り受けたものだ」

「一目見て分かった。しかし、この持ち主はどうしたんだろう？　我々は生まれた時にそれぞれの書見台を誂《あつら》える。そして、一生持ち歩くことになっているんだが」

「その持ち主は、若い娘さんだったようだが、ここで流行り病を得て亡くなったらしい。家族がまだ若かった当主に譲ったんだそうだ。将来、ここに一族の者が来たと分かるように持っていてほしいと」

「槙村の家は、一族の間では有名だ。何かあったらあそこを頼るようにと。それで僕も君を頼りに。こうしてみると、そもそも君と知り合いになったことが運命だったような気がしてならない」

「その時滞在したのは君の親戚《しんせき》だね？　君たちのちからはその時のひとたちによく似ている。何しろ、頭抜けて物覚えのよい一家だったと先代は折に触れ語っていた。日本の記紀の類《たぐ》いを一つ残らず覚えていたと。それで、槙村の家では君たちのちからにあやかれるようにと子供の習い事始めにこれを使うし、『天聴会』でもこれを使うようになったんだ」

　葉太郎様はくすぐったいような表情になりました。

「うむ。もともとは『しまう』ためのものなんだ」

「しまう？」

　ふと、さっき目を覚ました時の光比古さんの言葉を思い出しました。聡子様をしまう。やっぱりそう言ったのです。

「我々は、一族の者の歴史を記録することを定められている。それは、単に言葉や出来事を記憶するだけではなく、一族の者一人一人のなりわいや心持ちそのものをまるごと自分の中に飲み込み、蓄えるということを指す。このことを、我々は『しまう』と言うんだ」

　葉太郎様はそうゆっくりと説明しました。

「そのためには訓練が必要だ。我々は子供の頃から、記紀や詩歌を覚えることで『しまう』ことを訓練する。書見台はそのための道具であり、我々の定めを象徴するためのものでもある」

「一つ聞いてもよいかな」

お父様が口を挟んだので、葉太郎様がどうぞ、と答えました。

「先ほどの旦那様の話では、君たちは広く婚姻を勧めているということだった。失礼だが、奥様は？」

「はい。私は、元は一族の者ではありませんでした。けれども、結婚して子供を産むと、私にも『しまう』ことができるようになったのです」

葉太郎様の奥様がこっくりと頷きながら答えました。続きを葉太郎様が引き取ります。

「我々には、早く移動できる、手を使わずに物を動かせるといったちからを持つ者もいます。そういう、実体を伴ったちからは婚姻によって配偶者に伝わるということはほとんどないのですが、この『しまう』ことにかけては配偶者にも伝わるらしいのです。その理由はよく分からないのですが、このちからが心の在りように深くかかわっているせいではないかと我々は考えています。我々は日々一族の者を探して旅を続けておりますから、年に数百人の者に会います。ひとの半生ばかりを飲み込んでいると、年に一度、心がいっぱいになって何も受け付けなくなります。私じしんを見失ってしまうのです。そうすると、猛烈な眠気が襲ってきます。我々の中のたくさんの記憶を並べてきちんと収める必要を、心の方で感じているというわけです。その期間、我々は何日もひたすら眠ります。部屋の隅にろうそくの炎と水を絶やさずに。我々はこれを『虫干し』と呼んでおりますが。それが、せんだって家内が姿を見せなかった時期です。あれにいろいろ言われたのには弱りました」

葉太郎様が苦笑し、ちらりと廣隆様に目をやったので、廣隆様はぎょっとしたような顔になりました。私もぎくりとします。私たちが天聴館に忍び込んだのがばれていたのです。

「なるほど、この『天聴会』は君たちのその行為を見習っているんだな」

旦那様が納得したように呟きました。四隅のろうそくと、水を張っただけの花瓶。確かに、天聴館で見たものと似ています。

「そのようだね。この『天聴会』というのは、いったいどのようなことをするためのものなのだい？」

葉太郎様も四方のろうそくを見回しながら頷きます。

「言い伝えが少しずつ変形してきているのだろう。天の声を聴き、村の声を聴く。この地を豊かにするために、槙村の家では最大限のものを村に還元するようにというのも家訓になっている。それで、この会は、村で起きたさまざまなことを語りあって、後世の知恵や何かあった時の判断材料とするために、当主が記録を残すことになっている。最初は書見台を置く習慣はなかったと聞いている。それで、まあ、単なる迷信だと思うのだが、この書見台が置いてあると、この書見台が会で語られたことを覚えてくれる、という噂が長老の間で立ってってね」

「書見台が」

みんなが書見台に注目しました。

旦那様は苦笑します。

「世迷《よま》い言だよ。誰もいない座敷にこの書見台が置いてあると、書見台が喋る、というんだ。私はそんなところを見たことがないんで、誰かが面白おかしく言い出したんだろう。これだけの立派な細工の書見台だしね。たまたま置いてあった書見台にそんな噂が出たんで、なんとなくそれ以来『天聴会』にはこの書見台が置かれるようになったんだ」

「ふうん。ちょっと拝見」

葉太郎様はすっと立ち上がり、静かに書見台の前に移動されました。が、その様子はずいぶんと用心深く、わざと遠巻きにしているように見えます。まるで、書見台に近寄りすぎないようにしているかのようです。

みんなが何となく書見台の前に座る葉太郎様を見ました。

葉太郎様の表情が俄かに厳しくなりました。

不意に、私は息苦しさを覚えました。なぜだろう。ろうそくの炎のせいで、空気の流れが悪くなっているのでしょうか。座敷にはたくさんの人がいるので、余計そうなのでしょう。そう考えようとしましたが、やはり息苦しさは募る一方です。

ふと、椎名様の顔が目に入りました。どうも、椎名様も同じようなことを感じているようなのです。他の人も同様でした。皆、とまどった顔でちらちらと周りを見回しています。

なんと形容したらよいのでしょう、どこかに身体が吸い込まれていくような感じなのです。じっと座っていられません。頭が横の方に引っ張られていくようなおかしな感じです。やがて、私は気付きました。頭が引っ張られていくのは、今、葉太郎様が対面している書見台の方なのだと。

ふと見ると、書見台がカタカタ小刻みに揺れています。聞こえるか聞こえないかという小さな音ですが、確かに書見台は揺れているのです。花瓶の水面も、茶碗の中のお茶も、全く揺れていないというのに。

「なんということだ。信じられない。この書見台の持ち主はいったい」

葉太郎様は青ざめた顔で叫びました。

そして、思い切った様子でバッと立ち上がり、書見台から離れました。

書見台は唐突に動きを止め、ふっと呼吸が楽になりました。

今のはなんだったのだろう？

「葉太郎君？」

旦那様が怪訝そうな顔で声を掛けます。

葉太郎様はその声も耳に入らない様子で、じっと光比古さんを見つめ、それからぐるりと何かを探すように辺りを見回しておられます。光比古さんはきょとんとした様子できょろきょろと辺りに目をやりました。

葉太郎様は更に何度か辺りを見回し、それからスッと池端先生の前に進まれました。それまで訝《いぶか》しげに話を聞いていた池端先生は、ぎょっとしたように身体を引きました。

「失礼します」

葉太郎様は池端先生を拝むようにしてから、畳に膝をつき、池端先生の前の皿の蒸しぱんにさっと手を伸ばすと、蒸しぱんを二つに割りました。

私は思わずあっと叫びました。

割られた蒸しぱんの中には、結ばれた白い紙が覗いていたのです。


「それはなんだ？　文《ふみ》のようだが」

旦那様が葉太郎様の手元を覗き込みました。

「ああ、間違ってここに入ってしまったらしいね」

葉太郎様は何でもないことのように言うと、ひょいとその文を袂《たもと》に入れました。

みんなあっけに取られた顔で葉太郎様を見ています。

「これは今ここでは関係のない話なので」

葉太郎様はにこりと笑うと、さっと自分の席に戻られました。

池端先生はおずおずと自分の目の前の皿の二つに割れた蒸しぱんを見ていましたが、やがてそんな自分の様子に気付いたのか、「妙な手品を見せおって」と腹立たしげに呟きました。

腰を下ろそうとした葉太郎様がぴくりと反応し、動きを止めました。

「手品――ですか。そのように見えても仕方がありません。でも、確かに私たちはこの世に存在するのです。目に見えない風や時が存在するのと同じように」

葉太郎様はひっそりと独りごとのように呟きました。

「その書見台に何か？」

旦那様が尋ねました。

「どうやら釘《くぎ》が磁石になってしまったようだね」

「というと？」

「君、これはずっと将来も大事にしまっておいておくれよ。僕たちにも君たちにも、きっと役に立つ日が来るだろうから。これには確かに君たち槙村の歴史が『しまい』こまれているのさ」

そう答えたきり、葉太郎様は暫く口を開こうとはなさいませんでした。

どことなく気詰まりな空気が漂い、みんなが揃《そろ》ってお茶に手を付けました。

「ふらんすの画家にもろうというひとがいるんですが——三年ほど前に亡くなったひとです。そのひとの言葉にこういうのがあるんですよ。『私は目に見えないものしか信じない』」

その時、おもむろに椎名様が話し始めたのでなんとなくみんなが注目しました。

「一見反語的な言葉でしょう？　このひとは古典を題材に独自の表現で有名な画家なんですが、この言葉もいろいろな意味に解釈されています。僕も一時期、その意味を考えてみたんです」

椎名様はお茶を一口飲み、蒸しぱんを一切れ口にほうり込みました。

「皆さんは、画家の描いた絵を御覧になってどう思いますか？　同じものを見ているのに、どうしてこんなにも違う絵になってしまうんだろうと思いませんか？　優れた画家は、人物を描けばそのひとの過去や内面までも絵の中に表現することができます。風景を描いても、その時代や雰囲気を見ているものに感じさせることができます。つまり、画家というのは目に見えるものを描いているようでいて、実は見えないものを描いているんじゃないか」

私は、椎名様と永慶様が一緒に聡子様の絵を描いた時のことを思い出していました。

同じように目の前の聡子様を描いていても、全く線が異なっていたことを。

「だからね、僕ももろうの言葉にならって——いや、少しは僕流に変えさせてもらって、こう考えるようにしているんです。『目に見えるものが真実とは限らない』。これが僕の信条です。池端先生はどうですかね？　先生は何を信じておられるんです？　ご自身の発明ですか？」

椎名様は悪戯っぽい笑みを浮かべて池端先生の方を見ました。

池端先生はふんと鼻で笑うとぐいと椎名様の方に顔を向けます。

「目に見えないものだと？　全く君らはそういうたわごとばかりで困るよ。そんなもので諸外国と戦えるものかね？　わしは自分の手に触れたものしか信じないよ。国のために役立つ科学、新しいものを作る技術、わしはそういう世界に生きとるんだ」

「科学と技術、ね。じゃあ先生は霊感は信じないんですか？　先生は発明家でしょ？　新しいものを作るには、これまでにあったものや手に触れるものだけでは無理だ。何かが訪れる瞬間、自分ではどうにもならないような考えが頭に浮かぶことはありませんか？　科学の進歩も、新しい技術も、人間たちの目に見えないいんすぴれいしょんの産物であって、決して泥やがらくたの中から取り出すものじゃありませんよ。そもそも人間自体がいんすぴれいしょんの塊《かたまり》みたいなものでしょう？　僕たちは自分で自分を見ることができません。鏡を見るか川のほとりにでもかがみ込まない限り、自分は『見えない』存在です。誰一人として自分のことを自分の目で見られるひとはいません。僕はこのことをすごく面白いと思います。他人のことは見られるのに、自分だけが見られない。このことは、大きな問題だと思います。小さな子供は、他人だけを見て生活しています。なかなか自分という存在に気付かないし、自分がどんな顔をしているのかも知らないし、自分と同じように他人が感情や考えを持っていることがなかなか理解できない。僕たちは成長するにつれて、文字通り自分を発見していくわけです。自分の姿を長い時間を掛けて見つけだしていく。僕は、このことが人間を人間たらしめているような気がするんですよ。さて、ここで春田さんたちのような方が現れた」

椎名様のお話は難しく感じましたが、『誰も自分のことは見られない、自分は見えない存在だ』という言葉は私にも印象深く聞こえました。

「僕は今までの春田さんのお話を、こんなことを考えながら聞いていました。僕たちにとって自分は見えない存在だけれども、文字通り自分を自分の目で見られるひとがいたらどうだろう。そういうひとたちはどんな考え方をし、どんな成長のしかたをするんだろう。そう思ったんです」

葉太郎様が何かを言おうとするのを軽く手で押しとどめて、椎名様は言葉を続けました。

「あなたがたがある種の特別なちからを持っているのは確かでしょう。その特別なちからが、『自分を見られる目』に当たるような気がするんです。そんな目を持っていたら、おのずと考え方も変わっていくのではないか。僕はあなたがたがとても羨《うらや》ましい。そんな目があれば、自分にも今と違った絵が描けるのではないかという生臭い考えに過ぎません が。でも、その一方で、あなたがたの存在はとてもつらく、むごいものにも思えます。おや、失礼なことを言いましたかな？　どうか酔っ払いのたわごとだと思ってお許しを。春田さんの信条はなんですか？」

「運命、ですね」

葉太郎様は迷う様子もなくお茶碗を手に持ったままぽつりと答えました。

「私は運命を信じています。でも、運命は変わります。運命を待っているだけではどうにもなりません。こちらも歩いていかなければならない。これが私の信条ですね」

「あのう、春田様に一つおききしてもよろしいでしょうか？」

この時、突然おずおずと口を開いた方がありました。

お座敷の注目がその方に集まります。

ぱっと聡子様の顔が輝くのが目に入りました。

永慶様です。みんなの顔におや、というような表情が浮かびました。永慶様はいつもひっそりと部屋の隅で耳を傾けておられるので、こうして何かを口にされること自体とても珍しいことだったのです。

永慶様はいらした頃に比べ、随分と落ち着いて顔色もよくなっておられました。時折、何か言おうとして苦しそうな顔になるのを見掛けましたが、そんな時もいつも言葉を飲み込んでしまうのです。決まってそのあとはしょんぼりするのですが、元々の清々《すがすが》しい美しさは日に日にこの方の本来の素性を現していくような気がしました。

「なんでしょう?」

葉太郎様はゆったりとした顔で永慶様を見ました。永慶様はためらっていましたが、そっと目をそらして尋ねました。

「ご一族の方を『しまう』とおっしゃいましたね。なりわいや心持ちもまるごとあなたたちの中に引き受けると。でも、中には『しまわれる』ことを拒む方もいるのではないでしょうか? 人間、そうそう他人に自分の全てをゆだねることはできないものです。他人に知られたくないものも多かれ少なかれ隠してあると思いますし。少なくともわたくしにはできません」

ぽつぽつと話す永慶様に、葉太郎様は小さく頷きました。

「そうですね。ごくたまに抵抗を示す者もおります。その時は、無理強いはしません。いつかまたその機会が来るのを待つしかありません。それもまた、運命だと思うことにしています」

永慶様は、またあの苦しそうな表情になりました。永慶様がそういう表情になると、聡子様もつられて不安そうな顔になるのです。すると、私まで顔を歪《ゆが》めたくなります。

「わたくしは」

永慶様は消え入りそうな声で話を続けました。

「その――あなたたちの『しまう』という行為が、御仏《みほとけ》を彫るわたくしの仕事に似ているような気がしたのです。ただ、わたくしの場合、自分が感じる御仏を目の前の木にこめていたのですが、生きている魂を『しまう』というのはそれよりももっと凄まじい仕事なのではないかと」

「そうだそうだ。君は仏師じゃないか。何よりも『見えないもの』を感じている人間だろう」

椎名様が口を挟みます。と、その言葉を聞いて見る見るうちに永慶様は青ざめました。

「いいえ」

強く吐き捨てるような言葉が漏れ、みんながぴくっとするのが分かります。

「わたくしなど仏師ではありません。現に、もうわたくしには御仏を感じることができないのですから。この世のどこにも御仏などいないのです」

驚くほど冷たい声でそう言ったので、さすがの椎名様も言葉を挟むことができませんでした。

「確かに」

葉太郎様が小さくため息をつきながら頷きました。

「これはしんどい仕事です。だから、私の心や身体がそれを拒むこともあります。でも、私にはそれができるはずだ、それが私の使命だ、と信じてきました。でなければここまでやってこられなかったし、家族にも協力してもらうことはできなかったでしょう。あなたは違うのですか？　あなたが最初に仏を彫った時、何か目的があったのでしょうか？　説明のできない衝動に駆られて、中から仏を彫り出そうと思ったのではないですか？　かつては空気の中に、森や山の中に、確かな存在を感じたはずでしょう」

永慶様はかすかに震えだしました。

「そうです。そうです。かつては、どこを歩いても、息を吸っても吐いてもわたくしは御仏の存在を感じていました。早く彫り出さなくてはと寝る間も惜しんで、誰かにせきたてられているのではないかと思うほど仕事をしていたのです。でも——でも、わたくしは分からなくなりました。昔は幸せでした。ただひたすら御仏を彫り出してさえいればよかったのですから。けれど、だんだん注文が来るようになりました。亡くした子や母や連れ合いの魂をこめた仏を彫ってくれと言われるようになりました。それはしんどい仕事でした。自分の心を強くし、なおかつ邪心を除かなければ、亡くなった方の魂をこめるのはとても難しいのです。わたくしは無邪気に御仏を彫ることができなくなりました。けれど、それは重要な仕事であり、必要な仕事でした。何よりも、必要とされた仕事だったのです。わたくしは自分の心を成長させるように努めました。改めて仏の教えも学びましたし、荒行のようなことまでやって心を強くしたいと願っていたのです。

それは二年ほど前までは成功しているように思えました。自分では成長していると自惚《うぬぼ》れていたのです」

次々と、堰《せき》を切ったかのように永慶様の口から言葉が溢《あふ》れ出ます。

「ある日、遠く下関《しものせき》の方から一組のご夫婦がわたくしを訪ねてみえました。流行り病で三人のお子さんをいっぺんに亡くされてしまったのです。裕福な呉服問屋の立派なご夫婦でしたが、どうしても自分たちの心が慰められず落ち着かないので、三人の子供を彫ってくれという願いでした。わたくしは渾身《こんしん》の力をこめて三人の仏様を彫りました。ご夫婦は大変喜んでくださり、その仏様を連れて、お遍路をしながら帰るということでした」

永慶様はごくりと唾を飲み込みました。

「それから一週間もしないうちに、そのご夫婦が旅の途中で殺されたという話を聞きました。全身をめった刺しされての、むごい殺しです。お遍路の装束が真っ赤に染まって、元の色が全く分からなかったくらいだと」

膝の上で握り締めた手が震えています。

「ご夫婦は、わたくしの家を出た時からつけられていたのです。なんでも、わたくしの彫った仏は、好事家《こうずか》の間で高い値で売れるのだそうです。ご夫婦を刺した輩《やから》は、最初からわたくしの彫った三体の仏を奪い、二人を殺すつもりだったのです。ご夫婦の、亡くなった子供たちを彫った仏を手に入れるために。暫くたって犯人はつかまりましたが、もう仏は売り払われて行き先は分からなくなっていました。わたくしは犯人の口からそのことを聞かされて目の前が真っ暗になりました」

旦那様や奥様も、真剣なまなざしで永慶様を御覧になっていました。恐らく、この家に迎え入れた旦那様もこの話を永慶様の口から聞くのは初めてだったのでしょう。

「なんということでしょう。自分の作った仏が誰かを殺《あや》める理由になるとは。そのとたん、わたくしは自分の周りからそれまで感じていた存在が消え去っていることに気付きました。自分が今まで感じていたものはまやかしに過ぎなかったと。単に自己満足の手段として、誰かに褒められることを期待して仏を感じているふりをしていたに過ぎなかったのだと」

聡子様の目に涙が浮かんでいました。私も胸が苦しくなります。

「それ以来、わたくしは仏を彫るのをやめてしまいました。彫ろうにも、もう何も見つけられないのですからどうしようもありません。けれど、相変わらず注文は次々と舞い込んできますし、作った仏を売ってくれと人が押しかけてきます。わたくしの粗末な仕事場から、できそこないの習作を盗んでいく輩もいる始末です。わたくしは全てを処分し、旅に出ることにしました。けれど、どこを歩いても、何を見ても、御仏の存在が感じられないのです。おりしも世の中はどんどん変わってゆきますし、お寺がどんどん壊され仏像ががらくたのように捨てられていくのをあちこちで目にしました。やはり、もう御仏はいなくなってしまったのだと思い、旅はどんどん荒《すさ》んでゆくばかりでした。そこをこちらの旦那様に拾っていただいたのはもうご承知の通りです」

永慶様は話し疲れたのか肩を落とし、低くため息をつきました。それにつられて、話を聞いていた皆の間からもホッとしたようなため息が漏れます。

「あなたはまだ御仏の存在を信じていますね」

葉太郎様がそう静かに話しかけたので、永慶様は虚を衝かれたような顔になりました。

「いいえ、わたくしはもう」

「そうやって思い悩むこと自体、あなたがその存在を信じている証拠です。今は自信を失っておられるようですが、あなたはまだ御仏を失ってはいませんよ」

「えっ」

「それに、私は、私が『しまおう』としているものと、あなたがご自分の仕事にこめようとしているものはそう変わらないような気がするのです」

永慶様はぽかんとした顔で葉太郎様を見つめていました。

「たわけ！」

その時、池端先生が突然大きな声で怒鳴ったのでみんながぎょっとしました。

見ると、先生は真っ赤な顔をして興奮しているのです。みんなあっけにとられました。

何をそんなに興奮しているのでしょう。

「仏など——仏など、おらん。魂だの存在だの女々しいことばかり言っても、死んだ者は生き返らない。手に触れるものを信じて、これから先のことを考えるしかないのに、何をそんな夢みたいなことばかり」

「先生」

奥様がたしなめるように困った顔で声を掛けました。

池端先生はハッとした顔になりましたが、ぎゅっと唇を噛みしめたので、さらに顔が真っ赤になりました。

「失敬。わしはもう先に休ませてもらう」

池端先生はお茶の残りを音をたてて飲み切ると、すっくと立ち上がって座敷を出て行きました。旦那様が止めようとしましたが、振り返ろうともしません。

気まずい沈黙が座敷を覆いました。

「池端先生は」

奥様が沈痛な面持ちでおっしゃいました。

「先の清《しん》との戦争で、息子さんとお孫さんを亡くされているのです」

お座敷の中がしんと静まり返りました。

六、夏の約束

夏が来ました。

伸びやかな青空に、もくもくと入道雲がそびえています。

本当に、あの夏は不思議な夏でした。あの、春田家の方々がやってきた年のことはよく覚えているのですが、特にあの夏はほっこりと明るく私の中で輝いているのです。

あの夏、聡子様はとても元気でした。少しずつ外に出るようになっておられましたが、夏の勢いが増すのと同時に体調もよくなり、体力もついて、槙村の集落の中を歩き回れるくらいになっていたのです。

学校も夏休みになり、私たちは毎日飽きずにあちこちを歩き回っていました。

聡子様は、泥の感触や小川の流れ、木洩《こも》れ日の光など全てが愛《いと》しいご様子で、無邪気にはしゃいでいます。

無邪気ではありますが、それでも聡子様は毎日顔が変わっていくような気がしました。今にしてみれば、聡子様にとってはあの一日一日が一年にも匹敵するような時間であったように思えます。それまでの人生のほとんどを家の中で寝て暮らし、ようやく外の世界を知り始めた聡子様は、凄《すさ》まじい速さで成長しているのでした。もともとが聡明な方ですから、それまで知識としてあったものを自分の目や手で確かめると、まるで綿のように貪欲《どんよく》に全てを吸い込んでゆきます。

村の子供たちや、働く村人を見る目はとても静かでした。

「みんなあんなに働いているのに、聡子は何もしてないね」

畑仕事を手伝う小さな子供たちを見ながら、聡子様がぽつんと呟《つぶや》いたことがあります。

「そんなことはありません。聡子様は身体《からだ》が弱かったのですから」

私が反論すると、聡子様はきっとした表情で私を見ます。

「でも、お父様はいつも、槙村の家の者は村に尽くさなければならない、村を第一に考えなければならないっておっしゃってます。聡子はぬくぬくとわがままをさせてもらっているのに、何も村に返してません」

聡子様の目に気圧《けお》されながらも私は言いました。

「そんなことはこれから幾らでもできるじゃありませんか。それに、聡子様はいるだけでもみんなを楽しませているんですよ」

一生懸命そう言っても、聡子様は不満そうなのでした。このひとは、まだこんなに幼い頭で、自分の責任ということについて考えているのだなと驚きました。

「ねえ、峰子さん、約束してくださいい」

急に、聡子様が私を振り向きました。

「はい、私にできることでしたら」

聡子様との約束なら、なんでも守るに決まっています。

「私と一緒に、村のために尽くしてくれますか。それが槙村の集落のためになることだったら、聡子の言うことを聞いてくださいね」

つかのま、おかしな約束だなあと思いました。けれど、聡子様の一途《いちず》な正義感や責任感から出たものだと思うと聞き返すこともできません。

「ええ。分かりました。私も、村の役に立つ人間になるように頑張ります」

「ありがとう、峰子さん」

私たちは指切りをしました。

ふと、私も聡子様にお願いがしたくなりました。

「じゃあ、聡子様。峰子にも約束してください」

「はい、なんでしょう」

「必ず峰子と一緒に女学校に行きましょうね。貴子様のように綺麗な桜色のおりぼんを付けて、一緒に女学校に通いましょう」

いつか同じような話をした時の、あきらめのような聡子様の表情を思い出しながら私はきっぱりと言いました。

聡子様はハッとしたような表情になりましたが、やがてニッコリと笑って私に小指を差しだしました。あの時のホッとした気分は忘れられません。

「ええ、必ず」

「約束ですよ」

私たちはしっかりと指切りげんまんをしました。

野山を歩きながら、いろいろな話をしました。将来のこと、村のこと。私の秘密の場所で寝転んで、空を流れる雲を眺めました。

田代川の土手を、清隆様とつね子さんがゆっくり歩いているのを見ることもありました。どうやら、葉太郎様はあの時蒸しぱんから取り出した手紙をちゃんと清隆様に渡してくださったようです。

聡子様と私は、土手を歩く二人を眺めながら、いつか自分たちにもそんな日が来るのかと考えておりました。自分にも誰か一生を託すひとが現れるのかと。

そんな時、聡子様はぽつぽつと永慶様の話をしました。

『天聴会』での永慶様の話は聡子様に強い印象を与えたようでした。あのような体験をされた方に、再び仏師としての誇りを取り戻させるにはどうすればよいのでしょう、という話を度々なさいました。

　聡子様は、永慶様に強くひかれていました。それは聡子様の表情を見ていれば分かります。いつもはきはきとして一点の曇りもないその表情に、憂《うれ》いのような、戸惑いのような、はにかんだ喜びのようなもやもやしたものが宿るのです。

　ああ、このひとは永慶様が好きなんだ。

　その顔を見る度に私はそう思いました。けれど、永慶様はご自分の悩みで精一杯のようでしたから、聡子様の気持ちはなかなか届かないのではないかと思いました。逆に、それほど仏師という仕事はあの方にとっての全てだったのでしょう。そのようなひとでなければ、聡子様はあれほどあの方にひかれなかったでしょう。ひとの思いというのは不思議なものです。それぞれの顔は別のところを向いていて、なかなか正面からお互いの顔を見ることはできません。

　自分の顔を自分で見ることはできない。なぜか私は『天聴会』の時の椎名様の言葉をよく思い出すのでした。聡子様の淡い恋を見ながら、私自身も少しずつ大人になっていったのでしょう。

　時々、紀代子さんや光比古さんも加わって一緒に話をすることがありました。

　こうして思い返してみると、四人でどんな話をしていたのかは全然思い出せないのです。ただ、覚えているのは、四人で並んで畔道《あぜみち》を歩いていたこと、林の中で風に吹かれていたこと、そして、『常野』という少し違った日常を生きる子供たちと同じ場所にいたこと。そのときの気持ちだけが私の中に残っているのです。

その中で、一つだけ印象に残っていることがあります。

永慶様にもう一度仕事を取り戻してもらうにはどうすればよいかという、二人では何度もしていた話を四人でしていた時です。

「聡子様を彫ってもらったら」

ふと、光比古さんがそう言ったのです。

「やだ、聡子は仏様じゃありませんよ」

聡子様が笑ってそう言うと、光比古さんは真剣な表情になりました。

「もちろんそうだよ。だから、永慶様は、生きているひとを『しまう』ということをやってみればいいんだ。それがどんなに大変なことで、素晴らしいことか知ってもらいたいんだよ」

私たちは顔を見合わせました。彼の言葉の本当の意味を私が知るのは、もっとずっと先のことになります。

ひとの記憶とは不確かなものです。そして、濃いところと薄いところがあります。

まだらになっているところもあります。今では、どういう順番でその出来事が起きたのか思い出せないこともあります。

夏草の輝き。風に揺れる林の木洩れ日。そして、隣で笑っていた聡子様。

あの夏はあっという間に過ぎていきました。

今頭に浮かぶのは、切れ切れの断片です。大事な夏だったのに、私の中に残っているのは小さなかけらでしかありません。すべてを覚えていたかったのに。


あのひとの声だけが、澄んだ響きを持って聞こえてきます。

聡子を描いてくださいね。この夏のうちに。


聡子様が椅子《いす》に腰掛けています。

じっと行儀良く、まっすぐ前を見て座っておられます。

その前では、椎名様と、永慶様とが少し離れて腰を下ろしています。

二人とも黙ってただひたすらに絵筆を走らせているのです。

椎名様は、本格的に聡子様の肖像画を描く準備を始めているのでした。それはもう、傍目《はため》にもその真剣な表情は普段とは別人のようです。

その顔はかすかに青ざめていて、具合でも悪いのではないかと思うほどぴりぴりした様子です。手は凄《すご》い速さで動いています。何枚も、何枚も、同じ構図と思えるような絵を繰り返し描くのです。絵を描くというのはああも凄まじい行為なのでしょうか。

私は時々そっと遠巻きにその様子を眺めておりました。

聡子様も、よくあんな長時間の作業に耐えているものだ、と感心しました。むしろ、根を詰めて倒れてしまうのではないかと心配しました。むしろ、奥様も同じだったらしく、聡子や、少し休んだら、椎名先生、そんなに何枚も描かれなくてもよいではありませんか、と時々水を差しに来るのですが、聡子様をはじめ皆さんのあまりの真剣さに打たれ、小さな声で言葉を掛けてみるものの、結局すごすごと引き返す毎日でした。

それは私も同じでした。三人がおられる、そのお座敷だけが別の時間の流れている別の世界のようでした。すぐそこにあるのに、遠い世界でした。羨《うらや》ましくて、ちょっと怖い世界でした。

不思議なのは永慶様でした。相変わらず椎名様とは対照的に、じっと聡子様をご覧になっては時々スッと絵筆を動かします。けれど、その絵を覗《のぞ》きこんでみると、決して目の前にいる聡子様の姿をそのまま描いておられるわけではないのでした。

そこに描かれているのは、いろいろな手の形でした。上に向けた掌《てのひら》や、さりげなく組まれた指、伸ばされた腕。そういう僅《わず》かな線が紙の上に描かれていました。

全くやり方の違う二人を、私は廊下からそっと眺めておりました。

聡子を描いてくださいね。この夏のうちに。

二人でいろいろなところを歩くうちに、聡子様は村じゅうの小さな子供と仲良くなってしまわれました。このひとの輝くばかりの聡明さ、美しさはどんな子供をも引きつけるのです。このようなひとが本当にいるんだなあ、と私は一緒にいて誇らしい思いでした。

聡子様はいろいろな歌や珍しいお話をいっぱい知っていましたので、それをみんなに披露しました。お屋敷の中での長い暮らしで、布団の中で大人たちからお話を聞いていることが多かったのでしょう。

明るい土手や田圃《たんぼ》の畔道で、子供たちが集まって聡子様を囲んでいるところは、おとぎばなしでも見ているかのようでした。

「——いいかい、ぜったいに、この山を降りる時には後ろを振り返っちゃいけないよ。おばあさんはそう言いました。男は、はい、と言いました。伝説を怖がって誰も入ってこない山にはたくさんのきのこがあって、男はたいへん喜びました。これなら、女房も喜ぶだろう。男は夢中になって、日が西に傾くまで一生懸命きのこを採りました。やれやれ、これだけ採れればいいだろう。男はたくさんのきのこを抱えて、山を降り始めました。すると、他には誰もいないはずなのに、ずるり、ずるりという奇妙な音が聞こえてくるのです。いったい何の音なんだろう、と男は思いました。でも、山に入る時のあの不思議なおばあさんの言葉を思い出して、男は後ろを振り返りたい気持ちをぐっとがまんしました。けれど、やはり、男のすぐ後ろからずるり、ずるりという音が聞こえてくるのです。何の音なんだろう。何かを引きずっているような音です」

意外にも、聡子様は怖い話をたくさん知っていて、しかもそれをお話しするのがとてもじょうずでした。私も子供たちと一緒に息を飲んで聡子様の話の続きを待ちます。

「男はだんだん気味が悪くなってきました。あのおばあさんは振り返るなと言ったけれど、こんなおかしな音がずっと後ろからついてくるんじゃあ、とても気になってたまらない。男は足を速めましたが、やはり音も男の足に合わせてついてきます。ずるり、ずるり。ずるり、ずるり。ほんとうに、すぐ後ろです。今にも男の背中にくっついてしまうんじゃないかと思うくらいすぐ後ろで聞こえるのです」

みんなが大まじめな顔で聡子様を見つめています。

聡子様は落ち着き払ってちょっと黙り込みました。そして、ふいに目を見開いてこう言いました。

「男はついにがまんができなくなって、後ろを振り向いてしまいました。するとそこには」

みんなが身体を強張《こわば》らせます。

「大きな大きな鬼の首があって、その目がカッと金色に光って男を見つめているではありませんか！」

きゃーっという悲鳴が口々に漏れ、みんなが隣の誰かにしがみつきました。

私はびっくりしてしまって、身体が動きません。

「なんということでしょう、大きな鬼の首が、ずるずると地面を這《は》ってついてきていたのです！　男はびっくりぎょうてん！　そのとたん！」

聡子様は声を張り上げました。

「男が袋に入れていたきのこが急にずしりと重くなり、男は動けなくなってしまいました。そして、恐ろしい笑い声が聞こえ、鬼の首はぱっと消えてしまったのです。地面には、鬼の首が這った跡だけが残っていました。男が袋の中を開けてみると、きのこはみんな石になっていました」

ほーっというため息が漏れました。一番ちっちゃな女の子のユキ坊がしくしく泣き出しました。よっぽど怖かったのでしょう。私だってぞっとしたほどです。それほど聡子様のお話は真に迫っていました。聡子様は慌ててユキ坊をあやし始めました。その慌てた顔がおかしくって、私は一人でくすくす笑っていました。

「もう、峰子さんも一緒に宥《なだ》めてくださいよ」

その困った顔が、とても可愛らしくて、私は幸せでした。あの時くらい、聡子様を身近に感じたことはありません。

「聡子様はお話がじょうずですねえ」

「聡子、お芝居をやってみたいな」

聡子様はだしぬけにそうおっしゃいました。

「お芝居？」

私はそれをきょとんとして聞きました。聡子様の口からそんな言葉を聞くとは思わなかったのです。聡子様は私の表情に気が付くと、照れ笑いのような顔になりました。

「今、ちらっと思っただけです」

慌ててそうおっしゃったので、私はかえってハッとしました。それが、聡子様の本心であり、聡子様の夢であることを悟ったのです。いったんそう気が付くと、一見不釣合のようであるその夢が、聡子様にぴったりのような気がしてきました。歌もお話もじょうずで、そこにそうして立っているだけでみんなの耳目を集めることができるのですから、聡子様にはぴったりの仕事ではありませんか。

「聡子様にぴったりですね」

私が心からそう申し上げますと、聡子様は嬉《うれ》しそうな顔になりました。

「峰子さんは何になりたいのですか？」

「私？　私はなんでしょう」

聞き返されて、私は考え込んでしまいました。

「峰子さんは、お嫁さんですね。きっと、優しいお母さんになるのですね」

聡子様はにっこり笑いました。

「そうでしょうか」

「そうですよ」

「じゃあ、峰子は大きくなったら、聡子様の出ているお芝居を見に行きます」

「ああ、それはいいですね。終わったら、大きく拍手をしてくださいね」

「ええ、もちろんです」

「お花も持ってきてくださいね。外国では、お芝居のあとは役者にお花を贈るんですって」

「はい」

あの夏、幾つもの他愛のない約束が交わされました。優しい約束、遠い将来の約束。

あのひとの懐かしい声が聞こえてきます。

終わったら、大きく拍手をしてくださいね。お花も持ってきてくださいね。

池端先生が、脇目《わきめ》も振らずに金槌《かなづち》を使っている後ろ姿が目に浮かびます。ある日突然、見たことのないものを作り始めたのです。

「せんせ、これは何ですかね？　案山子《かかし》ですかい？」

あきれ顔の新吉さんが腕組みをして尋ねます。

「案山子？　案山子だと？　なんということを」

先生は顔を真っ赤にし、屈辱にわなわなと身体を震わせていますが、周りで見ていた者はひそかに笑いを嚙《か》み殺していました。先生の作り始めたものは、確かに鉄屑《てつくず》でできた案山子そっくりだったのです。

「これはなっ、自動兵士だ。これに爆弾を入れて、敵の陣地に突っ込ませる。我々はこちらの陣地の中でその自動兵士を戦わせ、兵士が爆発するのを見守っていればいいのだ」

先生はますます怒り、手を振り回して何やらよく分からない熱弁を振るいます。

新吉さんは仏頂面でその話をじっと聞いていましたが、先生の話がとぎれたところで口を開きました。

「で、その自動兵士とやらはどうやって動かすんです？」

先生はぐっと詰まりました。

「それをこれから考えるんじゃ」

「これから？」

先生は真っ赤な顔で新吉さんを睨《にら》み付けました。

「技術は日々新しいものが生まれておる。自動兵士を使う技術もすぐに生まれてくるはずなんじゃ。わしが数年先を見据えたものを作っているというのになんだ、おまえたちは。手伝いましょうかのひとことがあってもいいものを」

「せんせが素晴らしいものをこしらえてくれるのはありがたいんですがね、おれとしては納屋さえ空けて貰《もら》えればなんの文句もねえっす」

「納屋？」

「もうすぐ収穫が近いんでね」

先生は、案山子に似たその鉄屑の塊《かたまり》を、何も言わずに抱えて出ていってしまいました。がらんがらんとけたたましい音が鳴るのがおかしくて、思わずみんなが笑い出します。

私も一緒に笑いながら、ふと顔がこわばってしまいました。

先生は、清《しん》との戦争で、息子さんとお孫さんを亡くされているのです。

奥様の言葉が耳の奥に甦《よみがえ》りました。

自動兵士。その響きが口の中で苦くなりました。錆《さ》びた鉄屑の塊を引きずっていく先生が、ふとお子さんの亡骸《なきがら》を抱えているように見えたのは私の気のせいだったのでしょうか。

また、土手でじっと遠くを見ながら立っていた伊藤新太郎さんの姿も浮かびます。新太郎さんは、『天聴会』が終わってからは時々、春田家の皆さんをそっと眺めていらっしゃいました。あのごつごつした一本気なところが少しずつ消えて、思慮深さというようなものがお顔に顕《あらわ》れてきたように思えました。

私はよく新太郎さんと山菜や茸《きのこ》採りをしました。新太郎さんは、おうちが農家でいらっしゃるだけに、食べられるものの名前をよく知っていて、私はいつも教えてもらうばかりでした。新太郎さんは、とにかくいつ見ても勉強しておられます。いったいいつ休んでいるのだろうと不思議に思っていたのですが、ある寒い日の午後に縁側で本を読んでおられるのを見て、どうして中に入らないのかと聞いたら、暖かいと眠くなってしまうので、わざとここにいるのだと答えたのでびっくりしたことがあります。

「あの方たちは、外国の方も『しまえる』のでしょうか」

ある時、一緒に茸を探しながら、新太郎さんがぽつりと呟いたことがあります。

「外国の方?」

私が聞き返すと、新太郎さんは、ちょっと恥ずかしそうな顔をしました。新太郎さんは、私にまで敬語を使われるのです。

「ええ。吾《わ》が国の人たちだけでなく、よその国の人でも『しまう』ことができるんでしょうか」

「どうなんでしょうね」

私は首をかしげました。

「私は、外国に行ってみたいのです。この目で、遠くを、世界を見てみたい」

新太郎さんは遠い目をしました。『天聴会』以来、春田家の皆さんを見ているのと同じ目です。きっと、あの方たちの見ている遠いものを一緒にご覧になりたいと思ったのでしょう。

「でも、急いで教師にならなければいけません。早く旦那様《だんなさま》に御恩をお返ししなければ」

新太郎さんは、自分を戒めるように呟きました。そのことが、逆にその思いの強さを表しているように思えました。

確か、その日の夕方だったと思います。

初めて新太郎さんが声を荒らげるところを聞いたのは。

遊説《ゆうぜい》を終えて、犬塚先生がお屋敷に寄られたところでした。

私にはよく分かりませんが、犬塚先生は、郷士出身の政治家で、とにかく声が大きく、勇ましく、ぎらぎらしていて私はなんとなく好きになれませんでした。政治家というものがいったい何をしているのか私にはよく分かりませんでしたし、集落を回っては、こんな暮らしでは駄目だ、日本は百年遅れておる、といつも怒鳴りつけられるので、みんな辟易《へきえき》していたように思います。けれど、なんでも「中央との繋《つな》がり」を持っているので、誰も逆らえないという話でした。

旦那様も、懇意になさりいつも丁重にお迎えしておられましたが、「確かにああいう人間も必要だろう」とおっしゃるものの、適度に距離を置いておられたように感じられます。新太郎さんは、犬塚先生の横柄な態度が腹に据えかねていたようでした。けれど、旦那様の大事なお客様ですし、いつもじっと我慢して旦那様の脇に控えておられたようです。

その日も、犬塚先生は急に現れ、旦那様とお酒を飲みながら大声でいつものようにお話をなさっておられました。

私と聡子様はお庭で遊んでいたのですけれど、離れたところからもその大きな声が聞こえました。

日本の農村は貧しく、不衛生で、著しく劣っており、諸外国に比べたら野蛮であることこの上ない、全てを捨てて、一から新しい方法を入れ、近代化を推し進めるしか方法はない。教育もなく、覇気もないことこの上なく、これでは国家の足を引っ張るばかりで何の役にも立たない。

そのようなことを大声でとうとうとまくしたてておられます。そして、先生が新太郎さんに向かって「君も早くここから抜け出して中央へ出なきゃいかん」とお説教を始めるのが聞こえました。

「やれやれ、あの狸親父《たぬきおやじ》はよく息が続くね。おぺ、ら、でも歌わせたらいいかもしれない」

そこに通りかかった椎名馨様が、あきれた声を出しました。

が、その時です。

「お言葉を返すようではございますが」

と、きっぱりした声が響き渡ったのです。

私たちはハッとしました。一瞬、その声が誰のものか分からなかったからです。が、それが新太郎さんの声だと気付き、みんなは一斉にお座敷に目を向けました。新太郎さんが口答えをするところなど、これまで聞いたことがなかったからです。

「先生、お言葉を返すようですけれども、それはあんまりです。確かにうちは貧しかったですが、恥ずかしい生き方はしておりません。そりゃあ、諸外国から見れば劣っているかもしれませんし、劣ったままでよいとは思っておりません。だから、俺《おれ》は一刻も早く教師になりたいんです。でも、うちも、村のみんなも、先祖の田圃をちゃんと守ってきましたし、うちの親父もお袋も、いつも俺たちにはこざっぱりとした服を着せてくれたし、俺たちも親父やお袋に教えられたとおり、お天道様《てんとさま》に顔向けできないようなことは一度もしたことはないです。先生は立身出世なされて、ご立派なお方ですし、郷土になくてはならないお方ですけれども、親父やお袋やご先祖様を悪く言うことだけは勘弁してくださいませんか」

新太郎さんの声は震えていました。普段は遣わない「俺」という言葉になっていることからも、心底から溢《あふ》れた言葉だということが窺《うかが》えます。

椎名様が、ぽかんと口を開けていました。

お座敷はしんと静まり返り、怖いような静けさが障子越しに漂ってきます。

突然、がらっと障子が開いて、真っ赤な顔をした犬塚先生が飛び出してきました。

相当腹を立てていらっしゃるらしく、旦那様が後ろで頭を下げ、必死に何事か言葉を掛けておられます。

犬塚先生はずんずんと乱暴に廊下を進んでいきましたが、ふと、歩調を緩めて振り返りました。

「うちは――うちの親など、鬼だった――子供のことなど、なんとも」

切れ切れに、そう呟く声が聞こえ、旦那様はハッとしたように先生の顔をご覧になりました。

「うちはひどいもんだった。貧乏も貧乏。ここのようには恵まれてなかった。ここは、わしから見れば天国みたいなところだ。うちの辺りじゃあ、親は子供を食い物にして

——全く子供のことなど。うちの姉貴も、親に叩《たた》き売られた」

先生は、声をかすかに震わせました。普段の大声からは予想もつかない、弱々しい声です。

「姉貴だけは、毎朝の野良仕事の間、わしの足袋《たび》を胸に入れて、温めてくれた。わしが勉強できるよう、全部の仕事を代わってくれた……朝から晩まで、来る日も来る日も。その姉貴を、親父は二束三文で女衒《ぜげん》に叩き売った」

「先生」

旦那様が静かに声を掛けると、犬塚先生は、慌てて顔を背けました。その目が濡《ぬ》れているように見えたのは錯覚でしょうか。

「君はいい書生を持ったな。じゃあ、急いでおるので、失礼する」

犬塚先生は足早に立ち去り、旦那様が送っていらっしゃいます。

みんながぽかんと二人を見送っていました。

ふと、廊下に真っ青な顔をした新太郎さんが立っていました。

椎名様が、ひどく真面目《まじめ》な顔で新太郎さんを見ています。

新太郎さんは、ようやくそこにいるのに気付いたように、ぼんやりと椎名様と目を合わせました。

「随分とまあ、無茶をするじゃないか」

椎名様がそう言うと、新太郎さんはたちまち可哀相なくらいに萎《しお》れてしまいました。今更ながらに、旦那様の大切な客人に口答えをしてしまったことが身に染みてきたのでしょう。

「が、汚れちまった僕は、君のまっすぐさが、純粋さが、妬《ねた》ましくもいとおしく……恐ろしい」

椎名様は独り言のようにそうおっしゃいました。新太郎さんが、おどおどと怯《おび》えたような顔で椎名様を見ますが、椎名様はもう新太郎さんを見てはおられないのでした。

「僕には分かる。君のような人間が、吾が国をこれから世界の一等国に引き上げるだろう」

不思議と、椎名様の口調には、暗い響きがありました。

私と聡子様は顔を見合わせました。世界の一等国になる。素晴らしいことを言っているのに、なぜこんなに暗い口調なのでしょう。

「けれども、同時に、君の一途さ、無垢《むく》さが、吾が国を地獄まで連れていくに違いない。僕にはそう思えてならない」

「なぜですか、椎名様。なぜ地獄なのです。吾が国が一等国になれるのならば、私はなんでもします」

「君は国のためなら命を投げ出せるというのか」

椎名様の声は、暗く疑わしげです。

新太郎さんはむきになりました。

「当たり前です。私の国、私の父と母、弟妹たちを守るのに、なぜ恐ろしいことがありましょうか」

椎名様は、ひどく悲しそうな顔になりました。

新太郎さんがたじろぎ、私と聡子様も不安になりました。どうしてこんなにも、椎名様の声は不吉なのでしょう。

「そうだな。その通りだな。君は正しい」

椎名様は、疲れた表情になると、ゆっくりその場を立ち去りました。

そんな椎名様の姿を見るのは初めてでした。

誰も声を掛けることができず、椎名様の背中を見送ったことをまざまざと覚えています。


ゆっくりと、そのくせあっという間に夏が過ぎてゆきました。

あの美しい季節。光に満ちていた、明るい季節。

季節の終わりの夕暮れのことを思い出します。

あの日、私はなぜか小さな予感を持っていたような気がします。

どうして、あの秘密の場所へ行こうと思ったのかは分かりません。お昼を過ぎたあたりから、私はなぜかあそこへ行かなければ、と思いました。日が暮れるまでにあそこに行って、あの場所に立たなければ、そんな思いに捕らわれて、私はいてもたってもいられなくなりました。

私はお屋敷に行くと言って家を出ました。

まだ陽射しは明るかったけれど、ひそかに秋の予感をどこかに漂わせていました。頰《ほお》に当たる風や、空の片隅に浮かぶ雲がそのことを告げていました。あの時、玄関を出て外に棒立ちになった時の息苦しいような胸騒ぎは、今も鮮やかです。何かの終わりが近いのではないか、それとは違う何か大きなものが近付いてきているのではないか。

そんな気がするのを振り払って、私は早足に道を行きました。

秘密の場所に行くのは久しぶりでした。草を摘み、花のかんむりを作るような幼い遊びから、私は徐々に遠ざかっていたのです。

私は足をゆるめることができませんでした。息切れして、身体は苦しがっているのに、足だけはずんずん先に進んでいくのです。

そして、私は、何が私を急がせているのかをその先に見ました。

秘密の場所。竹林に囲まれた小さな窪地《くぼち》に、誰かが腰を下ろしていました。

その影は、私のよく知っているひとでした。

私は青ざめ、怯えながらも、少しずつその影に近付いていきました。

影は私に気付き、ちらっとこちらを振り返ります。

静かな目が私を見ていました。私もそっとその目を見ました。

いつからこのひとはこんな目をするようになったのでしょう。あの、乱暴で意地悪で、噛み付くような目をした少年はどこへ行ってしまったのでしょう。

「ねこか」

口調は相変わらずぶっきらぼうでしたが、それはもう少年とは呼べない声でした。

私はそっと草を踏み、廣隆様に近付いていきました。

遠巻きにしていると、廣隆様は私を振り返り、軽く睨み付けました。

「そんなとこに突っ立ってないで、座れよ」

私は恐る恐る歩いていくと、静かに隣に腰を下ろしました。

こんなにこのひとの近くに来るのは、天聴館に忍び込んで以来だと気付きました。

「俺は、将来政治家になるよ」

おもむろに、廣隆様が口を開きました。

そっと顔を見ると、目は前を向いたままです。それも、どこか遠いところを。

「なんだか俺には分からない。世の中、へんなことが多すぎる。次から次へといろんなおふれが出るけど、おふれを出してる連中だって、世の中の動きに付いていけてない。

みんな堅苦しくて偉そうなことを言ってるけど、口先だけで、目の前の自分の利益しか追ってない。世の中の動きが速すぎて、みんな足元しか見ていないんだ。新しい暮らしに目を奪われている」

突然、堰《せき》を切ったように廣隆様は早口で話し始めました。何やら難しいことを言っているらしいのですが、私にはちんぷんかんぷんです。ただ、廣隆様がずっと先の話をしていること、将来政治家になる夢をお持ちだということだけは分かりました。

「俺は勉強して、東京に出るよ。地方の議員じゃ駄目だ。もっと中央で国政に関われるようになっていかないと、世の中は変わらない。こっちから出ていって切り崩していかないと、何も変わらないんだ」

廣隆様の口調は熱っぽくなりました。その熱心な調子につられて私もこっくりと頷《うなず》きます。

すると、廣隆様はそれまでずっと前を見ていたのに、急にこちらに顔を向けました。まともに目が合ってぎょっとしましたが、目をそらすことができません。

大きなくっきりとした瞳《ひとみ》がじっとこちらを見ています。その目は、これまで見たことがないほど真剣でした。吸い込まれそうな強い目です。

「だから」

廣隆様の声が初めて澱《よど》みました。

「俺が勉強して、政治家になれたら、その時は、ねこ、おまえも一緒に」

その声が震えるのを聞きながら、私は頭の中が真っ白になるのを感じました。

廣隆様はハッとしたように口を噤《つぐ》みます。

風が竹林を通り抜ける音がしました。

私たちは顔を見合わせて、その風の音を聞いていました。

夕暮れの風は、ざわざわと強くなります。

廣隆様がそっと手を伸ばして私の手に触れました。自分が手を伸ばしたことにも気付いておられない様子でした。

私はそのとたん、びくっとして手をひっ込め、その場所を逃げ出してしまいました。

「ねこ！」

背中に声を聞きながら、私はいつのまにか一目散に走り続けていたのです。胸がばくばく鳴っていました。耳元で鳴る風の音なのか、自分の胸の音なのか分かりません。私は走って、走って、胸が潰《つぶ》れるまで走り続けました。

けれど、私は気付いていました。

廣隆様が毎日あの場所に座っていると噂《うわさ》に聞いたこと。ずっと、私が行くのを待っているのだと。私は、行きたいのだけれど、同じくらい行くのが怖くてずっとあの場所に近付かないようにしていたこと。そして、私じしんが、もう意地悪もせず私に話しかけもしない廣隆様と話すことを本当は誰よりも待ち望んでいたこと——

夕暮れの風の音を聞きながら、私は走り続けました。


あの時の竹林を渡る風の音を思い出すとき、また別の風景も目に浮かびます。

丘の上で、何時間も立ち尽くしていた痩《や》せた影。

それは永慶様の後ろ姿でした。

永慶様はやはりずっと苦しみ続けておられました。毎日、聡子様を眺めながら絵筆を動かしてはいましたが、そこから先に進むことはありませんでした。まだ、永慶様は御《み》仏《ほとけ》を見つけることができないのです。あの聡子様を目の前にしても、やはり駄目なのでしょうか。お遍路の装束に刃《やいば》を突き立てられた、そのご夫婦の姿が浮かぶのでしょうか。


みんなが永慶様が立ち尽くす姿を遠巻きにしておりました。

そして、あの方を遠くからじっと見守る聡子様の姿も、私は見つけていたのです。

あの時の聡子様の顔は、私の中のさまざまな聡子様の顔の中でもひときわ強い印象で残っております。

それはもう大人の女のひとの顔でした。切なくて、弱々しくて、はかない顔。けれど、それでも聡子様は女神のようでした。不思議と、大きな慈愛のようなものが感じられて、私は暫《しばら》くその表情に打たれたようになって動けなかったことを覚えています。

私たちの幼い時代が終わっていくことを、あの時くらい強く感じたことはありません。


けれど、こんな風景も残っています。

冷たい風の吹く黄昏《たそがれ》。

その日も、相変わらず粗末な身なりで永慶様はじっと丘に立っていました。

私は、その永慶様の姿を見るのが習慣になっていました。なんとなく、そっと遠くから見守ってさしあげたいような気持ちだったのです。とても私などにあの方の苦しみを和らげる力はありませんが、せめて苦しみをほんの少しでも分かちあうことができたら、と思っていました。聡子様もそんな気持ちだったのではないかと思います。

その日、小さな影が永慶様に近寄っていきました。淡々とした、力強い足取りです。

それは、あのきょうだいでした。

常野のきょうだい。天聴館で地味に自分たちの役目を果たす両親とその子供。

二人は永慶様に近付くと、何かをぼそぼそ話していました。

その話の内容は切れ切れにしか聞こえませんでしたし、ほとんど記憶にありません。

けれど、私はあの時の光比古さんの声だけは今もはっきりと聞こえるのです。紀代子さんの声や永慶様の声は何一つ覚えていないというのに。

「僕たちもとてもつらい。ひとを『しまう』ことはとても大変だし、むずかしいし、つらいことなんだ。でも、僕たちはそれをしなければならない」

「僕たちは、ずっと昔から、そういうことに決まっているから」

「僕たちはこれからも死ぬまでみんなの心を『しまい』続けていく」

「それは、ずうっと昔からそういうことになっているから」

「でも、僕たちはそうやって続いていく。僕たちが『しまう』ことで、みんなの心を引き受けることで、みんなあんしんすることができるんだから。なぜって僕たちは引き受けることができるんだから、そうしなくちゃいけないんだよ」

なぜこんなにも光比古さんの言葉だけが記憶に残っているのでしょう。けれど、あの夕暮れの丘で、私は確かに聞いたのです。

永慶様はじっとあの小さな男の子の声を聞いていました。あんなに小さな男の子、自分よりもずっと小さな男の子の話を。

私もじっと草むらの中で聞いていました。光比古さんの声には不思議な響きがありました。不思議な靭《つよ》さが。何かゆるぎのない「ほんとう」が。

光比古さんが何を引き受けていたのか、その重さや大きさはとうてい私にはつかみきれませんでした。けれど、あの時の光比古さんは、とても大きくて重いものをこれから先もずっと引き受けていくのだという覚悟があって、それが私たちの胸を打ったのだと思います。あんな小さな男の子が、すべてを引き受ける決心をしていたということが今も私の心を震わせるのです。

永慶様はじっと光比古さんの話に耳を傾けていました。永慶様も私と同じように心を震わせていたのだと思います。けれど、まだ永慶様は迷っておられました。まだ何かに向かい、聡子様を——今この世を生きている誰かを写し取る決心はついていないようでした。

暫く三人で黙って座っていましたが、やがて、来た時のように、きょうだいは永慶様を離れ、すたすたと丘を降りていきました。

永慶様はそれからもじっとそこに座っていましたが、私はその背中が少しずつ動いているような気がしました。目には見えませんが、何かがあの方の中で動き出したような。

ふうっというため息が近くで聞こえ、私はどきっとしました。

見ると、すぐそばの草むらの中から聡子様がちらっと私に向かって笑い掛けるのが目に入りました。聡子様も今の様子を見守っていたのです。

私は聡子様の目が濡れているのを見逃しませんでした。

あの夏。彼らと過ごした夏。

もはや私の中には断片しか残っていない夏。

私は、これまでずっと避けてきました。その先のことを語るのを。

聡子様の朗らかな笑み、廣隆様の大きな瞳、永慶様の後ろ姿。竹林を渡る風、夕暮れの光。絵筆を走らせる静かなお座敷。

あの美しい夏の記憶だけをずっと味わっていたかったのです。

けれど、もうここまで来てしまいました。ここまで来てしまったら、私には逃げることはできません。

私は語らなければなりません、あの運命の日のことを。当たり前の顔をして始まった、いつもと同じはずだった一日のことを。

七、運　命

その日がどんなふうに始まったのか、今となっては定かではありません。

それはあまりにもいつもどおりの朝でした。ただ、一つだけ印象に残っているのは、その日の朝、いつもうちの庭先を通りかかる三毛猫の機嫌が悪かったことです。いえ、機嫌が悪いというよりも、とにかく落ち着きがないのです。しきりに顔を撫《な》でては癇《かん》癪《しゃく》を起こし、あげくの果てには私がいつも水を入れて置いてやっている小さな欠けた茶碗《ちゃわん》をひっくり返してしまいました。いつもおとなしく私の足元でぴちゃぴちゃ水を飲むのに慣れていたので、それに面食らったことをよく覚えています。

確かに、目が覚めた時から空気はじとっと生暖かく、時折おかしな風が吹いていました。空は穏やかに晴れているものの、どことなくねっとりと濁っています。

長い秋雨が一段落し、澄んだ晴天が続いていました。村じゅう総出での稲刈りも終わり、すっきりした田圃《たんぼ》には稲束が干されています。村には収穫を終えたあとの安堵《あんど》したような空気が漂っていました。

今日は一雨来そうだ、まとまった雨になりそうだと噂《うわさ》をしてはいましたが、ザッと降ってカラリと秋空が戻る、その程度にしか考えていなかったのです。

近所の農家でもしきりに犬が唸《うな》っていました。闇雲《やみくも》に吠《ほ》える犬ではないのですが、うろうろと歩き回り、身体《からだ》を低くかがめて嫌なかんじです。

「なんだろう、今日はあいつ、やたらと吠えるね」

おみおつけを啜《すす》りながら、秀彦兄様が窓の外を気にしています。

「昼過ぎから雨になるようだよ。寄り道しないで早く帰ってくるんだよ」

お母様がそう言うと、兄様はうっとうしそうな顔をしました。私も心配性だなあ、と心の中で小さく兄様に相槌《あいづち》を打ちました。

お昼を過ぎてもあまり天気は変わりありませんでした。

じっとり汗ばむ空気は不快でしたが、相変わらず光は射しているし、静かな午後です。時々ざあっと嫌な風が吹くことを除けば、暖かくて外で遊ぶにはいい天気でした。

私は学校を終えるとお屋敷に聡子様を迎えに行きました。

聡子様と村外れにあるユキ坊の家に行くのです。小さな子供ばかりがいる家で、両親も祖父母も、親戚《しんせき》の家の稲刈りの手伝いで何日も出払っているのでした。聡子様はその家にお菓子を持ってゆき、近所の子供たちを集めてお話を聞かせることになっていたのです。その頃にはもう聡子様の話上手は村じゅうどころかもっと遠くの村まで評判になっていましたから、聡子様に預けておけば、子供たちがおとなしくしていると親たちも喜んでいるほどだったのです。

収穫で忙しい間、まだ親の手伝いをできない小さな女の子たちを集めては聡子様はよくお話をしていました。聡子様は小さな子の面倒をみるのが上手でした。ぐずったり落ち着きのない子でも、バッと一言で注意を自分にひきつけてしまうのは魔法のようでした。風邪《かぜ》気味の子や、具合の悪い子をみるのも慣れていました。長い闘病生活で、介抱のしかたを身をもって心得ていたからに違いありません。聡子様は看護婦さんでもいいのになあ、と、うちで父の手伝いをしている看護婦さんの愛想のない顔を思い出しながら私は考えていました。うちの看護婦さんはてきぱきして腕は確かなひとなのですが、なにしろぶっきらぼうなひとなので子供の患者さんには評判がよくありません。聡子様みたいなひとが看護婦さんだったらどんなにいいでしょう。

村外れの家までは随分道のりがありました。

私と聡子様は田圃の中のなだらかな一本道をてくてく歩いていました。二人で手に半分ずつお菓子の入った風呂敷を持ち、手を繋《つな》いでいっしんに歩きました。私は聡子様と手を繋いで歩けるだけで幸せでした。

薄茶色の田圃が続いていて、はっきりしない色の雲から時折強い光が射し込みます。空の向こうに、殺伐とした声を上げながらカラスの群れが遠ざかっていくのが見えます。

急に、聡子様は足を止め、私の手をぎゅうっと握ったのでびっくりしました。聡子様の顔を見ると、聡子様は地面の一点を見つめ、かすかに前のめりになっています。その真っ青な顔を見て、私は慌てて叫びました。

「どうしたんです？　どこか具合が悪いのですか？」

聡子様は暫《しばら》く無言でした。そして、ゆっくりと息を吐くと口を開きました。

「いいえ」

「でも、顔色が悪いですよ」

「なんだかとても怖くなったのです」

聡子様は小さくため息をつくと再び歩き始めました。私もそれに合わせます。

「何が？」

「死ぬことです」

「え？」

「峰子さんは怖くないですか。死ぬことを考えると」

私は聡子様の唐突な質問に戸惑いました。それまで私は自分が死ぬことなど考えたことがありませんでした。それはずっとずっと先のこと、遥《はる》かな道の果ての出来事であり、自分とは無関係なものに過ぎませんでした。幼い頃から常に生命の危険にさらされてきた聡子様を間近に見ていたのに、それを自分の身に当てはめて考えることすら難しかったのです。

あの時、もう聡子様は知っていたのです。いえ、今にして思えば聡子様はずっとずっと前から知っていたのです。お箸《はし》を拭《ふ》きながら、鏡のような目をして「――雨？」と呟《つぶや》いた時から今日のことを知っていたのです。

私は返事をすることができませんでした。そのまま二人で畔道《あぜみち》を歩いていきました。あの時の不思議な気持ちはよく説明できません。あの日を思い出す時、私はいつもこの風景を思い出すのです。

二人の小さな女の子が、とぼとぼと畔道を歩いていく風景。空から光の筋が射し込み、鳥の群れが遠ざかっていく風景。あの景色が、私の中にさまざまな感情と共に焼き付いているのです。

その家に辿《たど》りついたのはまだ日の高い、明るい二時過ぎでした。夕方、近くの家の年寄りがやってくるまでの間、私と聡子様が子供たちの面倒をみることになっていました。私たちが家に近付いていくと、もう待ち兼ねていた近所の小さな子供たちが庭先を駆け回っているのが見えました。子供たちは歓声を上げて私たちを迎えてくれました。九人の子供たちがいたと思います。

聡子様はお菓子を配り、私は子供たちとみんなのお茶を用意して、早速お話を始めました。聡子様はいつもどおり、たちまち子供たちの心を捕らえ、次々と不思議な話や怖い話を身振り手振りを交え声色を変えて話していきます。

その日の聡子様の語りは、見慣れている私の目から見てもとびきり冴《さ》えていました。鬼気迫ると言ってもいいほどの出来で、子供たちはみな片時も目を離せずにぽかんと口を開けて聡子様の顔を見つめていました。

途中で一休みして、すっかり冷めてしまったお茶に口をつけた時、初めて私は外で雨が降っているのに気付きました。

「あら、雨だわ」

私はそっと席を立って外を見に行きました。それまで熱心に聡子様の話を聞いていたので気付くのが遅れたのでしょう。

雨が降り始めていました。それも、力強い、本格的な雨が、見る間に勢いを増していきます。ほんの一時間前までは日が射していたというのに、嘘《うそ》みたいです。

「強いね」

「雨戸を閉めたほうがいいでしょうか」

「もう少し様子を見ましょう」

私と聡子様は空を見上げながらそう呟きました。その時の私は、まだ夕立程度にしかこの雨を考えていませんでした。

が、お話の続きを始めて暫くすると、雨の音がますます強くなって聡子様の声が聞き取りにくくなりました。そこで聡子様は話を中断すると、私と一緒に雨戸を閉めて回りました。まだそんな時間ではないはずなのに、空はどんよりと薄暗いのです。雨はいよいよ強くなり、外は真っ白で何も見えないほどです。

「土砂降りですね」

「うるさくて何も聞こえませんね」

二人でそう声を掛け、重い雨戸を一生懸命動かしていると、小さな娘たちが集まってきて手伝ってくれました。軒先から滝のような水が落ちてきて、地面から跳ねかかる飛沫《しぶき》にたちまちみんなびしょ濡《ぬ》れになりました。

その時はあまりの雨の強さに驚くばかりで、まだ不安は感じていませんでした。こういう強い雨はパッと止《や》むことが多いので、単なる通り雨だと考えていたのです。

その頃、私だけではなく集落じゅうの大人もそう考えていました。場所によっては雷も鳴っていたらしく、みんな、やや大きな通り雨だと思ったらしいのです。大きな台風が来る時は、天気予報で前もってみんなに知らされるので、それなりの備えもできました。けれど、この時槙村の集落を含めて県の南部を通過した台風は、あまりにも移動するのが速くあっという間に上陸してきたので、誰もがそんなに大きな災害になると最初は思っていなかったのです。それが余計に被害を大きくすることになるとは、まだこの時は誰も知りませんでした。

雨戸を閉めると少し静かになり、私たちはホッとしました。

まだ早い時間だけれども、らんぷの火を点《つ》けてお話を再開したのです。

もうすぐ、畑仕事を終えた近所のタキばあさんが様子を見に来てくれるはずです。それまでは私と聡子様とで、みんなの面倒をみなければなりません。

聡子様は、西洋のお話をしていました。魔法のお鍋《なべ》に呪文《じゅもん》を唱えると、おかゆが鍋の中にどんどん溢《あふ》れだしてくるという話です。ある日、そのお鍋の魔法を知った男が見ようみまねで呪文を掛けて、たらふくおかゆを食べましたが、おなかがいっぱいになったのにまだまだお鍋はおかゆを作り続けます。男はおかゆを作るのを止める呪文を知らなかったので、たちまちおかゆはお勝手に溢れだし、やがては村じゅうをおかゆだらけにしてしまうのです。聞いているうちに、なんだかおなかが空《す》いてきました。

空腹に気が付いたとたん、私は家ががたがたと揺れているのに気付きました。

風です。それまでは強い雨だけでしたが、風も強まってきたのです。

私が初めて不安を覚えたのはこの時でした。風はいっこうに弱まる気配をみせず、むしろどんどん凶暴になっていき、容赦なく家を叩《たた》き始めたのです。時折、ずしん、どぉんという鈍い音が遠くに聞こえます。家の梁《はり》がみしっ、とあちこちで不気味な音を立てる度に私はびくっとしました。

子供たちもその音に気付いたのでしょう、そわそわと落ち着かなくなりました。不安そうに目をきょろきょろさせ、天井や壁に目をやります。

聡子様は子供たちの注意をひきつけようと必死でした。聡子様も不安を感じていたに違いありません。あの恐ろしげな風の音を聞いていたら、誰だって不安になります。しかも、ここは小さな女の子たちしかいない、村外れの一軒家なのです。

タキばあさんはいつ来てくれるのでしょう。私たちはじりじりしながら待ちました。幼い子供たちだけのこの場所が、世界の果てのような淋《さび》しい心許無い場所に思えてなりません。

聡子様がようやく魔法のお鍋の話を終え、みんなでぱちぱちとまばらな拍手をした時です。

突然、どーん、という激しい地響きがしてみんなが身体を強張《こわば》らせました。家も大きくみしりと揺れて、お茶碗の中のお茶が飛びだしたのが見えます。

小さく悲鳴を上げ、私たちはより集まって抱き合いました。

そのあとは静かになりましたが、今の音で何か尋常ならざることになっていると気付きました。聡子様も同じだったらしく、私たちは青ざめた顔で互いを見つめていました。

「今の音は？」

聡子様が低く落ち着いた声で呟きました。慌てた様子を見せれば、子供たちが不安がると思ったのでしょう。私も聡子様の声に調子を合わせました。

「山鳴りです。きっと、裏山のどこかが崩れたんでしょう」

私はそう答えてから改めて愕然《がくぜん》としました。この村外れの家は、裏がなだらかな山になっています。そのどこかが崩れたのであれば、家もただでは済まないはずです。

「様子を見に行きましょう」

私はそうっと立ち上がり、玄関の戸を開けました。

巨大な圧力がごおっと襲いかかってきて、私は思わず土間に押し返されてしまいました。凄《すさ》まじい雨と風です。真っ白で何も見えません。いつの間にこんなにひどい状態になっていたのでしょう。顔がびしょ濡れになるのを我慢して目を凝らすと、木々が全身をくねらせて影絵のように大きく揺れています。

私は頭の中が真っ白になりました。目の前の光景が信じられなかったのです。

家の前は濁流の川と化していました。濁った水が、勢いよく渦を巻きつつどんどん低いところへと流れていきます。まだそんなに深さはないようですが、道はもうなくなっていました。なだらかな斜面に囲まれた道は、そのまま川になってしまったのです。

私はさっきのどーんという音の正体を知りました。山の高いところで、あまりに短い間に雨がたくさん降ったので、鉄砲水が出たに違いありません。

めちゃくちゃに吹き付ける風に身体を押し戻されるのと戦いながら、私はなんとか外に出てみました。たちまち全身ずぶ濡れです。ろくに目を開けていることもできません。

辺りの景色はすっかり変わっていました。

さっきここへ来た時の、穏やかで柔らかな緑色の世界はどこへ行ってしまったのでしょう。全てが灰色に塗り潰《つぶ》され、風に躍り、悲鳴を上げています。畑も田圃も池のようでした。私はふと家を振り返って今度こそゾッとしました。

裏山がえぐれていました。

大きな杉の木が根元からむき出しになって地面に数本倒れています。屋根を直撃しなかったのは幸いでしたが、崩れた斜面にもどんどん水が流れこみ、土をえぐり続けているのが明らかです。

どうしよう、どうしよう。

私の頭の中は真っ白なままです。あまりにも変貌《へんぼう》してしまった目の前の光景と、どくどくと激しく心臓が打っていることに動揺してしまい、何も考えが浮かんでこないのです。

「逃げなくちゃ」

すぐ後ろで声がしたのでぎょっとしました。

そこには、やはりずぶ濡れになった聡子様がいたのです。

聡子様は驚くほど醒《さ》めた顔をしていました。じっと辺りを見つめています。

「聡子様、風邪を引きますすよ」

「ひとまず戻りましょう」

聡子様は私の手を引いて家の中にずんずんと戻りました。

暗い土間に立ち尽くし、中でそわそわ固まって見ている子供たちにそっと目をやります。なんとなく心細そうですが、まだ子供たちは落ち着いていました。

「どうやって。でも、もうすぐタキばあちゃんが」

「この様子では、どこかで足留めされているのかもしれません」

実際、あとから分かったことですが、この時点ではさっきの鉄砲水も手伝って、あちこちで橋が流されていたのです。タキばあさんは私たちのところにやってくるどころか、自分の命も危ないところだったと聞きました。

聡子様はこれまで見たこともないほど真剣な顔で考え込んでいました。

「これ以上雨が降ると、この家も危ないと思います。かといって、途中にも川があるし、身体を隠すところがありません。でも、今だってこの暗さです。夜になってしまってはますます危険になります」

「こんなひどい雨なのに」

「この先弱まるかどうか分かりません。もしかすると、もっとひどくなるかもしれない。だったら、まだ足元が見える今、逃げるべきです。真っ暗になってしまってからでは動けません」

聡子様は淡々と言いました。

「でも、どこに」

私はおろおろしてしまって、ただ言葉少なに尋ねるばかりです。

聡子様は落ち着き払っていました。これほど頼もしく見えたことはなかったほどです。

「お寺に逃げましょう。あそこの石垣はとても頑丈にできていて、前の地震の時にも持ちこたえたと聞いています。木に囲まれているから風よけにもなります。あのお堂なら一晩は大丈夫でしょう」

「お寺に」

それは、道の途中にある古い小さなお寺でした。大きな杉の木に囲まれていて、昼間でも鬱蒼《うっそう》と暗い場所です。けれど、ここからはかなりの距離がありました。足元が濁流になっているのですから、子供たちをおぶって運ばなければ流れにさらわれてしまうでしょう。

「すぐに始めなければ」

聡子様はその決意に満ちた瞳《ひとみ》を私に向けました。今にも崩れおちてしまいたくなるような心地でいた私は、その瞳になけなしの勇気を奮い起こしました。

最初は比較的身体の大きな子たちを連れていくことにしました。なんとか濁流の中を歩いていけるだけの背丈のある子たちです。

タキばあさんが迎えに来る場所がお寺に変わったと説明して、順番にみんなを連れていくから待っていてね、と聡子様がなんでもない顔をして子供たちに説明します。けれど、その口調からは子供たちを怯《おび》えさせないようにと必死な様子が私にはひしひしと伝わってきました。子供たちはきょとんとして頷《うなず》いています。

私と聡子様と、二人ずつ四人の子供の手を引いて、家を出ました。あまりの雨と風にぐずる子供たちを引きずるようにして連れていきます。

しかし、私たちは、考えが甘かったことを思い知らされました。流れの勢いもずっと激しくなった道を流れる川の深さは既に膝《ひざ》のところまで達していて、流れの勢いもずっと激しくなっていたのです。怖がって足を流れに踏み入れることを嫌がる子供たちを連れていくのは至難のわざでした。それにお寺まではかなりの距離があり、吹き付ける風の中、みんなでのろのろと進んでいくのは泣きたくなるほどきついものでした。

ようやくお寺に辿りつき、必死にお堂の扉をこじあけた時には日が暮れ始めていました。

ここにじっとしているように、と言い聞かせて、来た道を戻る私と聡子様は既にげっそりと疲れていました。けれど、まだ子供たちは五人も残っています。残っている子供たちはおぶって運ばなければなりません。この先まだ何往復もすることを考えると、気が遠くなります。このまま戻りたくない、という考えがチラリと頭をよぎったのを無理に押し殺して、私はひたすら足を動かすことに集中しました。

気を抜くと足元が奪われそうになる流れに逆らってやっとのことで家に戻ると、土間から泣き声が聞こえてきました。

その泣き声に不吉なものを覚えて、土間に入ると、顔を血だらけにしたユキ坊を囲んで子供たちが泣いています。

「どうしたのっ」

聡子様が血相を変えて家に飛び込み、中を見てハッとしました。

部屋の真ん中に大きな岩が獣のように黒光りしながら転がっていました。

裏山が崩れ、雨戸を突き破って家の中に飛び込んできたのです。

畳の上は泥だらけでした。

その眺めに私と聡子様は凍り付きました。自分たちの無力さを実感し、私はその瞬間初めて死、ということを考えました。立ちすくんでしまって動けません。足元から震えがのぼってきます。

「だいじょうぶ、ユキ坊、血は出てるけど傷はたいしたことないよ。だいじょうぶ、だいじょうぶ。みんなも落ち着いて、ね」

聡子様は気丈にもそう言って子供たちの身体をさすりました。ユキ坊のおでこを拭《ぬぐ》ってやると、確かに岩にぶつかったのでしょうが、傷は深くなさそうです。けれど、聡子様がそう言うと子供たちの泣き声はますます大きくなりました。

どうすればいいのでしょう。家の前の流れはますます激しくなっています。戻ってくる時、更に水かさが増しているのに激しい恐れを感じたほどなのです。私ですら腰のところまで達している水の中、この子たちをおぶっていくことなど、とてもできそうにありませんでした。かといって、ここにいたのでは、土砂が崩れて家ごと押し潰されるのは時間の問題でした。

死ぬんだ、と私は改めて胸の中で冷たく感じていました。

ここで私は死んでしまうんだ。こんなところで。こんなに突然に。

全身が泥の塊《かたまり》になったかのようでした。無力感と、恐怖と、絶望で私のどこかが既に死んでしまっていたのです。

家がミシッ、と揺れました。新たな土砂がのしかかってきているのです。

その不気味な揺れに、さすがに子供たちも一瞬泣きやみましたが、更にすすり泣くような、怯えた声が漏れ続けます。

どのくらいその恐ろしい時間を過ごしたことでしょうか。

聡子様はじっと子供たちを抱き締めていましたが、やがてキッと青ざめた顔を上げました。

「峰子さん、手伝ってください」

私はそのしっかりした声にハッとしました。それまでぼんやりとその場に立っていたことにようやく気付いたのです。

「あの戸板を運ぶのです」

「えっ」

聡子様は、岩に突き破られた雨戸を指差しました。一枚は真ん中から裂けていましたが、もう一枚はそのまま外れて部屋の中に傾いていたのです。

聡子様は傾いた戸板の下にするりともぐり込み、私に反対側を持つように促しました。私は言われるままに戸板を運びました。戸板はけっこう重くて、ささくれだっています。たちまち手に幾つもとげが刺さりました。

子供たちも泣きやんで、私たちのすることをじっと見ています。

「さあ、みんな、お船に乗るんだよ。お寺まで、競争だよ」

聡子様が大きな声で叫びました。みんながきょとんとした顔になりました。

私はようやく聡子様の意図するところが分かりました。戸板を流れに浮かべて、子供たちを乗せていくつもりなのです。これならいっぺんに子供たちを運べます。

私は、こんな状況でそういう考えを思い付いた聡子様に驚嘆しました。ただ、戸板が子供たちの重さに耐えられるでしょうか？　私たちは戸板をお寺まで押していけるでしょうか？

「さあ、急ごう。みんなが待ってるよ」

聡子様は大きく手を振って、早く早くと子供たちをせきたてました。思わず子供たちは腰を浮かせます。聡子様はあっという間に子供たちを外に追い出すと、戻れないように戸を閉めてしまいました。

相変わらず雨足は強いままでしたが、私のほうが慣れたのか、なんとなくさっきよりも弱いような気がします。これなら行けるかも、という希望がちらりと頭をかすめ、私と聡子様は戸板を持って歩きだしました。戸板の重みに、足がずぶりと土に沈みます。その重みに私は自分の責任の重さを感じました。ここに、子供たちの命がかかっているのです。

それにしても、この時の聡子様は恐ろしいほど落ち着いていました。私はその大人びた表情に圧倒されていました。いったい、この華奢《きやしや》な身体のどこにこれだけの力が残されていたのでしょう。

「さあ、乗って乗って」

私は、聡子様の声に背中を押されて、ごうごうと恐ろしげな音を立てている流れに思い切って足を踏み込みました。

さっき往復した時とは風景が全く変わってしまっていました。

私が前に立ち、後ろに聡子様が立って戸板を運びます。いくら水に浮かべているとはいえ、五人の子供たちを乗せているのでかなりの重さです。しかも、水の流れは勢いを増しており、少しでも気を抜くと足を取られてしまいそうです。時折、流木が流されてくるので、後ろにも気を付けていなければなりません。

雨も弱まったかのように見えましたが、思い出したように強い風と共にざあっと吹き付けてくるので目を開けていられず、ほとんど濁流に流されるようになってよろよろ歩いているありさまでした。

それでも私たちは少しずつ進んでいました。辺りは徐々に暗くなってきています。子供たちは、もう泣く力もなく戸板の上にうずくまっていました。私も聡子様も、とっくに体力の限界を超えていましたが、それでも進んでいました。よくあんな力が残っていたものです。流れる水は冷たく、戸板を持ち上げる手にはもう感覚がありません。背中や首筋がぎしぎし痛みますが、ここで手を離したら子供たちはたちまち濁流に投げ出されてしまうのです。

その時、後ろの方でべきべき、ずしん、という鈍い音がしました。必死に後ろを振り返り、私は自分の目を疑いました。ほんの少し前までいた家がもうそこにはありませんでした。黒い土砂と巨大な岩が転がっているだけ。

全身が震えてきました。ほんの少し家を出るのが遅れていたら、今ごろあの下敷きになっていたのです。恐ろしさが込み上げてきて、私は少しでも早くこの場所を離れようと必死に前に進みました。けれど、戸板は重く、腕は痺《しび》れて、いっこうにお堂は近付いてきてくれません。突然後ろから濁流が押し寄せてきて、ざあっと泥水がかぶさってきました。思わず悲鳴を上げると口の中が苦い水でいっぱいになりました。ぺっぺっと吐き出しながら進んでいる時、また後ろからざあっと次の波が寄せてくる音が聞こえました。

「あぶない、峰子さん、流木が！」

聡子様の叫ぶのが聞こえたのと、何か大きな黒い塊がぶつかってきたのとは同時でした。

ガツンという衝撃を額に感じ、熱い塊が弾《はじ》けたような気がしました。思わず身体がよろけ、手を離しそうになったのを必死に踏みとどまり、戸板をつかみます。

目の前を、中がうろになったブナの木が流れていくのが見えました。太い枝が頭にぶつかったのです。一呼吸おいて、そこがじんじんと痛み始めました。けれど、そんなことは今は構っていられません。早く、早くあのお堂に辿り着かなくては。

そのうち、頭が熱くなってきたことに気付きました。そこから何か熱いものが流れ出しているのです。

何気なく自分の着物を見下ろした私は、そこにぽたぽたと血が落ちているのに驚きました。ぞっとしましたが、それでも手を離すわけにはいきません。

「見えた！　お堂です！」

聡子様が叫びました。

見ると、確かに前方にお堂の黒い影が浮かび上がっています。

あともう少し。だんだん頭が朦朧《もうろう》としてきましたが、それでも身体の中に残っていた力をふり絞り、私たちはようやくお堂の近くまで辿り着きました。

けれど、その場所もすっかり様子が変わっていました。石垣の石段と、道の間が深くえぐれて川になっていました。ここからは一人ずつ子供たちを渡さなければなりません。

石段の近くに、キンモクセイの木がありました。根元をえぐられ倒れかけてはいますが、まだしっかり根を張っています。キンモクセイの根元にはまだ少し土が見えています。そこに子供たちを下ろし、固まって座らせました。役目を終えた戸板は、たちまちどこかへ流れていき、あっという間に見えなくなりました。

私はごくりと唾《つば》を飲み込みました。さっきよりは流れる血は弱まったような気がしますが、今もどくどくと全身の血が波打っているようでした。

キンモクセイの長い枝の束をつかみ、私はそろそろと泡立っている流れの中を進んでいきました。その枝を命綱にして、子供たちを渡そうと考えたのです。流れはかなり速いけれど、なんとか渡れそうです。私はずぶ濡れになって、石段のところに辿り着きました。石の欄干につかまり、しっかり枝をつかみます。

「さあ、早く！　だいじょうぶ、ここはそんなに深くないし、枝につかまってくればちゃんとここに来られます！」

聡子様が、振り返った私の顔を見てぎょっとするのが分かりました。そんなに血が出ているのでしょうか。

「早く！」

私は必死に叫びました。遠くで何やら地鳴りのような音がしています。ここでもう一度鉄砲水が出たら、みんないっぺんに流されてしまうでしょう。

聡子様が頷き、子供たちをせきたてて進ませました。尻込みしていた子供たちも、背中を押されてのろのろこちらへやってきます。

体重が軽いせいか、キンモクセイの枝は、子供たちをじゅうぶん支えてくれました。枝につかまり、伝い歩きをするのはとてもうまくいきました。子供たちは次々とお堂に渡ってきます。

「中に入って待っているのよ！」

私は叫びました。けれど、子供たちは心配そうにこちらを見ていて、そばを離れようとしません。欄干につかまり、枝を持っている手が痺れて言うことをきかなくなってきました。見ると、枝で切れた掌《てのひら》からも血が滲《にじ》み出しています。

最後に残ったのは、聡子様とユキ坊でした。ところが、ユキ坊は怖がって、どうしてもこちらへ来ようとはしないのです。聡子様が一生懸命背中を押すのですが、顔を歪《ゆが》めて泣くばかりで、キンモクセイの根元にしがみついたまま動こうとしません。

その時、不気味な地鳴りがしました。私と聡子様は、遠くの方で何か大きなものが動き出したような気配を同時に感じました。

来る。大きな流れがもうすぐここまで来る。

聡子様はキッと怖い顔になりました。そして、ユキ坊の耳元で大きな声で叫んだのです。

「ユキ坊、鬼が来るよ。怖い怖い鬼が今ユキ坊の後ろに来てるよ！」

ユキ坊はびくっとして泣きやみました。

「ほら！　すぐそこまで来てる。危ないよ。大きな鬼の首だよ。逃げろ！」

ユキ坊は泣くことも忘れ、泡を食って必死に前に進み始めました。

「急ぐんだ！　鬼の首がユキ坊の背中をつかもうとしてる！　振り返っちゃ駄目！」

ユキ坊はキンモクセイの枝をつかみ、一心不乱にこっちにやってきます。

「聡子様！　早く、聡子様もこっちへ」

　私は叫びました。ユキ坊の襟をつかみ、石段の上へと押しやり、欄干に抱き付くようにして、両手で枝をつかみます。

　ゴーッという音がして、それはたちまちこちらに迫ってきました。

　けれど、聡子様は胸を押さえたままそこから動こうとしませんでした。ぼんやりとした表情でじっとこちらを見ています。

「聡子様！」

　私は思わず身を乗り出そうとしましたが、聡子様は手を上げ、顔を苦痛に歪めながら私を制止しました。来るなと目で合図します。

「峰子さん、約束しましたね、一緒に村のために尽くすって。峰子さんは、助けが来るまで子供たちを見ていてください」

　何か大きなものが近付いてきます。とても力を持った大きなものが。

「お父様に伝えてください。聡子は頑張りました。聡子は槙村の娘だから、この中では聡子が一番年上だったから、最後まで子供たちのために頑張ったって」

　聡子様と目が合いました。けれども、涙で聡子様の顔が見えないのです。聡子様は笑っているように見えました。私はあらん限りの声で叫びましたが、近付いてくる大きな音にかき消されてしまっています。

聡子様！　峰子とも約束したじゃありませんか。必ず峰子と一緒に女学校に行きましょうって。一緒に桜色のおりぼんを付けて女学校に行こうって、約束したじゃありませんか！


雪崩《なだれ》のような黒い濁流が、一瞬にして目の前を過ぎていきました。

それは全てをもぎとり、押し流し、どこか遠いところへと運び去ってしまいました。

私は石の欄干にしがみついたまま、泣き叫び続けていました。


それからの三日間は、ぼんやりとした記憶しかありません。

覚えているのは、お堂の隙間《すきま》から射し込んだ明るい太陽の光です。

それは、最初は一条《ひとすじ》の光に過ぎませんでした。私はまだ闇の中に沈んでいました。

「聡子！　ねこ！　ねこはいるかっ？」

誰かが大声で叫んでいました。廣隆様の声だな、と頭のどこかで考えていました。

ざわざわと大勢の大人たちが外を歩き回っている音がしました。

聡子さまー、峰子さーん、とあちこちで呼ぶ声が聞こえます。

私はここにいると叫びたかったのですが、どうしても身体が動かないのです。どうしたことでしょう、まぶたも開きません。

「お堂は無事だな」

「やっぱりここはいつも大丈夫だ」

誰かがこちらへ近寄ってきます。ぎぎっ、という音がして、突然パアッと辺りが明るくなりました。なんて眩《まぶ》しいんでしょう。さっきまであんなに真っ暗だったというのに。

「おい、いたぞ！」

興奮した野太い声が叫びました。わっという声が上がり、たくさんの人たちが駆け寄ってくる気配がしました。

「ねこ！」「峰子！」「うわ、ひどい怪我《けが》をしてるぞ」「生きてるのか？」

いろいろな声が聞こえます。みんながそこにいる私たちを見て口々に叫んでいました。それというのも、あとから聞いたところによると、私は頭と手を血まみれにして、子供たちを抱きかかえていたそうなのです。助けが来たことに気付いた他の子供たちは、安心したのか、みんな次々と泣き出しました。

私は誰かに抱きかかえられて、ようやくうっすらと目を開けました。

大きく開かれたお堂の外に、雲一つない真っ青な空が見えました。たくさんの顔が私を覗《のぞ》き込んでいます。真剣な表情のお父様、目を真っ赤にしたお母様、秀彦兄様、廣隆様。

「おお、生きてるぞ」

「峰子、聞こえるか？」

「聡子様はいないぞ」

誰かがそう言うのを聞き、私はハッとしました。

「聡子様。聡子様が」

起き上がろうとすると、お父様が慌ててそれを押しとどめました。

「そんなに出血してるのに、急に動いちゃいかん」

どっと涙が溢れてきました。あの時の悲しみが、一斉に胸の中に甦《よみがえ》ってきたのです。聡子様は、どこに行ってしまったのでしょう。鉄砲水に流されてしまったのです。私たちを助けて、一人流されてしまったのです。

そう自分では言っているつもりだったのに、本当のところは熱に浮かされていたようです。誰かに運び出されていくのを感じたのを最後に、そのまま眠り込んでしまいました。

それでも、断片的に村の様子を覚えています。

秀彦兄様が私をおぶってくれているようでした。あちこちで橋が落ち、堤は破れ、村はこれまで見たことのない無残な姿になっていました。随分被害が出たようです。

槙村の旦那様《だんなさま》と奥様の姿を見たような気がしました。泣き崩れる奥様を、清隆様が支えていらっしゃいます。聡子様が見つからないのです。旦那様は険しい顔で、村の様子を見回っていらっしゃるようです。

申し訳ありません、旦那様、奥様。

私は秀彦兄様の背中にいる時も、家に着いて寝かされている間も、ずっとそう呟き続けていたらしいのです。

他の子供たちに大した怪我はありませんでした。私が熱を出して寝ている間、子供たちから私と聡子様がお堂に子供たちを運んだ話を聞いて、子供たちの親が見舞いに来てくれたそうです。聡子様が、最後に旦那様に伝えてと言った言葉も、子供たちはよく覚えていて、槙村のお屋敷に伝えられていました。

けれど、聡子様はなかなか見つかりませんでした。行方不明になっている人は他にも何人かいて、みんなが必死に探していましたが、大量の土砂が流されたため、作業は難航していました。

それでも、犠牲者は台風の規模を考えればかなり少なかったそうなのです。

それは、光比古さんが、台風の初めにあの半鐘を鳴らしたからだそうです。なぜか、鳴らさなければならないと思ったというのです。非常事態だと思って家に戻り、難を免れた人も多かったと聞きました。

家を失った人は大勢いて、槙村のお屋敷が開放され、中では炊き出しが行われていました。けれど、みんなは聡子様の行方を心配していました。聡子様が子供たちを助けて鉄砲水に流されたという話は村中に広がっていたのです。

申し訳ありません、旦那様、奥様。

私は秀彦兄様の背中にいる時も、家に着いて寝かされている間も、ずっとそう呟き続けていたらしいのです。

他の子供たちに大した怪我はありませんでした。私が熱を出して寝ている間、子供たちから私と聡子様がお堂に子供たちを運んだ話を聞いて、子供たちの親が見舞いに来てくれたそうです。聡子様が、最後に旦那様に伝えてと言った言葉も、子供たちはよく覚えていて、槇村のお屋敷に伝えられていました。

けれど、聡子様はなかなか見つかりませんでした。行方不明になっている人は他にも何人かいて、みんなが必死に探していましたが、大量の土砂が流されたため、作業は難航していました。

それでも、犠牲者は台風の規模を考えればかなり少なかったそうなのです。

それは、光比古さんが、台風の初めにあの半鐘を鳴らしたからだそうです。なぜか、鳴らさなければならないと思ったというのです。非常事態だと思って家に戻り、難を免れた人も多かったと聞きました。

家を失った人は大勢いて、槇村のお屋敷が開放され、中では炊き出しが行われていました。けれど、みんなは聡子様の行方を心配していました。聡子様が子供たちを助けて鉄砲水に流されたという話は村中に広がっていたのです。

「聡子様はいないぞ」

誰かがそう言うのを聞き、私はハッとしました。

「聡子様。聡子様が」

起き上がろうとすると、お父様が慌ててそれを押しとどめました。

「そんなに出血してるのに、急に動いちゃいかん」

どっと涙が溢れてきました。あの時の悲しみが、一斉に胸の中に甦《よみがえ》ってきたのです。

聡子様は、どこに行ってしまったのでしょう。鉄砲水に流されてしまったのです。私たちを助けて、一人流されてしまったのです。

そう自分では言っているつもりだったのに、本当のところは熱に浮かされていたようです。誰かに運び出されていくのを感じたのを最後に、そのまま眠り込んでしまいました。

それでも、断片的に村の様子を覚えています。

秀彦兄様が私をおぶってくれているようでした。あちこちで橋が落ち、堤は破れ、村はこれまで見たことのない無残な姿になっていました。随分被害が出たようです。

槙村の旦那様《だんなさま》と奥様の姿を見たような気がしました。泣き崩れる奥様を、清隆様が支えていらっしゃいます。聡子様が見つからないのです。旦那様は険しい顔で、村の様子を見回っていらっしゃるようです。

旦那様と奥様でした。みんなが場所を開け、二人が永慶様に向かって進んでいくのをそっと見守っています。

永慶様は、ふと足を止め、悲しそうな顔で旦那様を見ました。

何か言おうと口を開け、暫くためらってからこう言いました。

「ずっと下流の方まで流されておられました――岸辺の祠《ほこら》のところで、まるで眠っているみたいで」

声が震えます。そのまま顔を伏せてしまいました。

「おお」

奥様が真っ青な顔になり、口を手で覆って前に飛び出そうとなさいました。

すると、旦那様がそれを制しました。そして、ゆっくりと聡子様に向かって歩いていかれたのです。

誰もがいたたまれなくなりました。あの立派な旦那様が、目に入れても痛くないほど可愛がっていた聡子様なのです。厳しいお顔をニコニコさせて、毎日その顔を見ていた聡子様なのです。

旦那様は聡子様の頭にそっと手をやりました。

そして、なんということでしょう、ニッコリと満面に笑みを浮かべたのです。

みんながぎょっとして凍り付きました。旦那様は、あまりの悲しみに、気が変になっ

てしまわれたのではないかと誰もが思ったのです。

「お帰り、聡子」

旦那様は朗々とした声でそうおっしゃいました。

そして、優しく髪を撫で、聡子様に話しかけました。

「聡子や」

なんて優しいお声なのでしょう。いつものように、にこやかに話しかけるのです。

「よくやったな、聡子。お父様は、聡子を誇りに思うぞ。本当に、よくやった。それでこそ、槙村の娘ぞ。お父様は、立派な仕事をした聡子を笑って出迎えるぞ」

聡子様が震えていると思ったのは、背負っている永慶様が震えているのでした。俯《うつむ》いている顔から、地面にぽたぽたと涙が落ちています。

「永慶様、なぜ泣いておられるのです？ 聡子は立派な大人になることができました。皆さんのお陰です。よく聡子を見つけ出して下さいました。礼を申します」

みんなが泣いていました。

「聡子ーっ」

奥様が転がるように聡子様にすがり付きました。あの美しい、いつも落ち着いている奥様が世にも悲しい声で叫ぶ様子に、胸が真っ黒に塞《ふさ》がれるような心地になります。

みんなの間からも嗚咽《おえつ》が漏れ始めました。私もどうしていいのか分かりません。後か

ら後から涙が溢れてくるのです。

「そんなに泣くんじゃない。聡子は、どのみち心の臓が人よりも小さくて、これ以上成長することは適《かな》わなかったのだ。聡子は、自分の役目を分かっていた。自分のやるべきことをやってこの世を去ることができたのだ。喜んでやらないか」

旦那様は毅然《きぜん》とした態度で静かにおっしゃいます。

けれど、奥様の泣き声は収まりません。聡子、聡子、と名前を呼びながら泣き続けます。誰もが泣いていました。静かに運ばれていく聡子様を囲むように、みんなでお屋敷に移動してゆきます。

私は涙を手でこすりながら、ふと、光比古さんがそっと手を伸ばして聡子様の手に触れているのを見ました。それは、まるで聡子様に光比古さんがお別れを言っているように見えたのです。

お屋敷は深い悲しみに包まれました。徐々に村の復旧の作業は始められていましたが、聡子様を失うことは、槙村の集落から星が一つ消えてしまったような大きな出来事だったのです。

旦那様は、村の復興に全てを捧《ささ》げておられました。村で積み立てておいたお金や槙村家の私財を投じ、新しい道を作る計画が進められました。

けれども、奥様の悲しみはいっこうに癒《いや》される気配がありませんでした。閉じこもりがちになり、誰とも会おうとなさいません。花のように美しいお方が、聡子様の死を境にいっぺんに十歳も歳《とし》を取ってしまわれたかのようでした。みんなが心配し、あちこちからお友達が来て慰めているのですが、奥様の悲しみはむしろ日を追って深くなっていくように見えました。普段のお屋敷をきりもりされているのが奥様であるだけに、奥様の姿がないとお屋敷はたちまち暗く殺風景なものになってしまうのです。

私はお屋敷に行くことができなくなってしまいました。

もう聡子様に会いに行く用事がなくなってしまったということもあるのですが、奥様が私を見つけると悲しそうな顔をなさるからでした。私を見ると、一緒に遊んでいた聡子様のことを思い出すのでしょう。あの台風の晩、一緒にいた私は生き残ったのに、聡子様だけが亡くなってしまったことに、理不尽なものを感じていらっしゃるに違いありません。

村の復興にある程度の目鼻がついてから、台風で亡くなった人たちの合同の葬儀が行われることになっていました。その間に、あの晩の私の怪我も少しずつよくなり、葬儀の時には包帯が外せるようになりました。

奥様は気丈に対応をされていましたが、私の顔を見ると、やはりハッとして、見る見るうちに目に涙を浮かべられました。私も悲しくなって、涙が溢れてきてしまいます。

聡子様は本当にいないんだ。もう二度と会うことはないんだ。

それがどんなに淋しくてつらいことか、まだ私には分かっていませんでした。

私は、心のどこかでまだ聡子様が亡くなったことを信じていなかったのでしょう。それは奥様も同じでした。どうしても、聡子様がいなくなってしまったことを信じることができないのです。

奥様は私を抱き締め、包帯の取れた怪我の跡を撫でて下さいました。

「ごめんなさい、ごめんなさい峰子さん。峰子さんもつらい思いをしているのにね。だけど、許してちょうだい、どうしても聡子を思い出してしまうのよ。なぜ聡子は今ここにいないんだろう、今どこに出かけてるんだろうっていつも考えているの。ああ、最期《さいご》の時、一緒についていてやりたかった。一人で冷たい水の中に飲み込まれてしまうなんて、冷たかったろう、苦しかったろうって。代われるものなら代わってやりたかった」

奥様の気持ちを考えると、いたたまれなくなります。なぜこんなことになってしまったのでしょう。なぜ私が生き残り、聡子様はいなくなってしまったのでしょう。

「会いたい。聡子にもう一度だけ会いたい。最後に一目会って、言葉を交わしたかった。最後に抱き締めてやって、よく生まれてきてくれたと言ってやりたかったのに」

奥様は私を放すと、顔を覆って泣き始めました。誰にもかける言葉がありません。

「――聡子様に会いたいの?」

唐突に、後ろの方から声が聞こえました。

その声の調子に、奥様は口を押さえながら顔を上げられました。

後ろを見ると、光比古さんがこちらを見ていました。みんなが注目しています。

「僕、やってみるよ」

「え？　何を？」

周りの人が、きょとんとした表情で聞き返すと、光比古さんは、無邪気な顔をしてすたすたと奥様のところに近付いていきました。みんながあっけに取られてその様子を見ています。奥様もびっくりした顔で光比古さんを眺めています。

「うまくいくかどうか分からないし、こんなふうに使ったことは今まで一度もなかったんだけど、やってみるね」

光比古さんはスッと両手を伸ばし、奥様の両手をつかみました。

「僕、聡子様を『しまって』いるんだ」


誰もがきょとんとして光比古さんを見ていました。奥様も、涙を流すのを忘れて自分の手を取る小さな手を見ています。

みんなが立ち止まり、じっと二人を見ているのに気付いて、何かあったのかと遠くにいた旦那様がこちらへやって来られました。

「なんだね？」

「あなた、この子が聡子を」

言いかけて、奥様は光比古さんを見ました。その先の言葉をどう続けてよいものか迷っておられます。

旦那様は怪訝《けげん》そうな顔になり、奥様と光比古さんを交互に見ています。

「じゃあ、旦那様も」

光比古さんは片手を伸ばし、旦那様の手を取りました。旦那様は戸惑った表情で奥様と顔を見合わせ、目を閉じて集中する様子の光比古さんに目をやります。

辺りはしんと静まり返りました。なぜかは分かりません。ただ、これから何かが始まるのだという予感だけは誰もが持っていたのです。喪服を着た人々が、幾重にも三人を囲んでいるのは、奇妙な眺めでした。

光比古さんはじっと目を閉じ、ぴくりとも動きません。けれど、みるみるうちに表情が変わってゆきました。いつものあどけない彼ではありません。そこにあるのは、何かがぎゅうっと詰め込まれたような、荘厳で重々しい、年代物の仏像のような表情です。

口の中で何かをぶつぶつと呟き、かすかに前のめりになるのと同時に全身に力が入っていき、やがてその力がふっと抜けました。

空気が変わり始めていました。少しずつ明るく、輝いているように見えるのは気のせいでしょうか。じわじわと温度が上がり、ゆっくりと何かが動いているような感じがします。まるで時間が溶けているかのようです。

見守っている人々も、その変化に気付いているようです。誰もがおどおどしながらさりげなく周囲を見回していました。奥様と旦那様も、変化は感じるのだけれどそれがどういうものなのか理解できないご様子で、心許無い表情を浮かべておられます。

が、次の瞬間、みんながハッとしました。

私も全身がビクリと震えるのを感じ、動揺しました。

聡子様がいる。

私はきょろきょろと辺りをせわしなく見回しました。

理由は分かりません。けれど、確かに私は聡子様の気配を感じたのです。近くに聡子様がいる。そういう確信で胸がいっぱいになりました。私は聡子様の姿を探しました。

奥様と旦那様も同じように感じたようです。真剣な顔になり、二人でやはり周囲の人垣の間を探しています。どこかに聡子様が微笑《ほほえ》みながら立っているように思えてならないのです。

聡子様の気配は更に強まりました。まるで、聡子様がみんなを見ているような。聡子様の心の中にすっぽり入り、聡子様に包まれているような感じなのです。

聡子様の聡明で曇りのない輝きが空気を満たし、世界が透き通っていきます。何とも言えない清々《すがすが》しい、明るい気持ちが胸に溢れだします。私はうっとりしました。そうだった。このひとはこういうひとだった。向き合うと綺麗な光に照らされているような気がして、恥ずかしいくらいだった。

やがて、目の前にさまざまな情景が浮かび始めました。こうしてお屋敷の入口に立っているのは確かなのに、次々と場面が移り変わっていくのがはっきりと見えるのです。混乱しながらも、私は、これは、聡子様の心の中の風景なのだとどこかで悟っていました。

生まれた時から聡子様が見てきた風景。

お屋敷の天井。縁側の向こうの坪庭。長い療養生活。一喜一憂する旦那様と奥様の顔が交互に浮かびます。シロ、『きなこ』、『しじみ』。清隆様、廣隆様、お屋敷の方々。聡子様は、こういう狭い世界を生きてこられたのだなあと改めて実感しました。

突然、私の顔が現れたのでぎょっとしました。初めてお屋敷に上がった頃の私だと気付きました。すると、少しずつ風景が混ざり始めました。木洩《こも》れ日や、青い田園が美しく広がっています。無邪気に駆け回る村の子供たちが見えます。畔道に咲いているたんぽぽが黄色く輝いています。聡子様が、その一つ一つに感動し慈しみを感じているのが私の身体全体に響いてくるのです。

急に、甘酸っぱいような気持ちが胸に込み上げてきました。

永慶様の姿が見えます。村の外れで佇《たたず》む永慶様、絵を描く永慶様、苦悩する永慶様。遠くから眺めている聡子様の切ない気持ちが響いてきます。

とうとう、あの雨の日の場面が現れました。胸が苦しくなります。けれど、聡子様の心には勇気が漲《みなぎ》っていました。どうしてもこの子たちを守らなければならない。そう強く心に決めた聡子様の気迫がひしひしと伝わってくるのです。

全身が強張るのを感じます。目の前に再び繰り返されるあの光景に、いつのまにか私は足がすくんでいました。激しい雨。夜のように真っ暗な空。雨戸を破って飛び込んできた岩。足元をさらう泥流。どきどきと心臓が早鐘を打ちます。

そして、最後の場面がやってきました。顔を血まみれにした私が何か叫んでいます。ところが、どんなにつらい、胸が張り裂けそうな場面かと思いきや、私は聡子様の心がとても安らかなのに気が付いていました。

静かな満足感。目の前に浮かんでいる場面は雨と風が叩き付ける、荒々しく凶暴なものでした。けれど、水を打ったように心は静かなのです。常に気に留めていたことをやりとげたという達成感だけが身体の中にあるのです。

しかし、じわじわと心が高ぶってきました。歓喜と感謝。その二つが心の中に生まれ、あっというまに大きく膨らみました。

その歓喜と感謝が頂点に達しようかと思われた瞬間、突然何かでばっさりと断ち切られたかのように聡子様の気配はなくなりました。

それは、唐突で劇的な喪失でした。

この世界から、今度こそ本当に聡子様はいなくなったのです。けれど、聡子様の最期の思いの名残《なごり》が、ふわふわと辺りに漂っていました。

そして、耳ではなく身体の中のどこかに、聡子様の気持ちが聞こえてきました。声ではありません。けれど、聡子様の意思であるということは分かるのです。それは、はっきりと私の中に響いてきました。

皆さん、ありがとうございました。聡子は苦しくなんかありませんでした。立派に槙村の娘としての務めを果たせたという満足のてっぺんで世を去ることができたのです。

お父様、ありがとうございました。お母様、ありがとうございました。ご迷惑ばかり掛けていましたし、決して長いとはいえない時間でしたが、聡子は精一杯やりました。聡子はとても幸せでした。お二人の面倒をみることができないのが心残りですが、私はこれからも槙村の空や地となって皆さんを見守っていきたいと思います。ですから、どうか悲しまないでください。聡子はいつもそばにいます。

やがて、その響きはゆっくりと消えてゆき、ついにはなくなってしまいました。

みんなが夢から覚めたように大きくため息をつくのが聞こえました。

旦那様と奥様は、今では逆に光比古さんの手をしっかりとつかんでいました。消えてゆく聡子様の心を引き止めようとでもするように。

奥様の目からは、とめどなく涙が流れています。けれど、それはさっきまでのような絶望の涙ではなく、それまで鎧《よろい》のように奥様を覆っていた深い苦しみが流れていく涙に見えました。お二人の、悲しみという重しで沈められていた身体が、少しだけ軽くなっているように思えたのは私だけでしょうか。

「響いた？」

パッチリと目を開け、いつものあどけない少年に戻った光比古さんがお二人の顔を屈託なく見つめました。お二人は、言葉もなく何度も頷くばかりです。

それまでの異様な緊張が解けて、人垣がざわざわと動き始めました。どれほどの人達が聡子様の気配を感じたのかは分かりませんが、悲しみに彩られていた空気がほんの少し軽くなったような気がしました。

そして、私は踵《きびす》を返して駆け出していく光比古さんの後ろ姿を見ながら、聡子様がかつて光比古さんに「ありがとう」と呼び掛けたことを思い出していました。聡子様はこうして彼が私たちに聡子様の最期の気持ちを伝えてくれることを知っていたのです。

それからの記憶は、まるで流れる雲のようにすいすいと目の前を通り過ぎていってしまいます。ここから一直線に、私の中の世界は少しずつ色を失い、よそよそしい風景に変わっていくのです。

いっしんに、絵の具まみれで、まるで何かに取り憑《つ》かれたかのような形相で絵を描いている椎名様の姿が目に浮かびます。

その椎名様から少し離れた庭先では、永慶様が黙々と鑿《のみ》を動かしておられます。

聡子様の葬儀が終わってからというもの、お二人は競い合うようにそれぞれの仕事に没頭しておられました。口もきかず、ろくに飲み食いもせずに、一心不乱に仕事に集中しているのは鬼気迫ると形容してもよいほどで、誰もお二人に近寄ろうとしなかったそうです。

冬の便りを聞く頃に、お二人の仕事は完成しました。椎名様は聡子様の肖像画を、永慶様は聡子様の面影を漂わせた小さなお地蔵様を旦那様に見せました。旦那様は私もその場に呼んでくださいました。どちらも、息を飲むような素晴らしい出来栄えでした。

旦那様は一言「おお、聡子がここにおりますな」と、眩しそうな目でおっしゃいました。

初霜の降りる季節は、別れの季節でもありました。

お屋敷に滞在していた方々が、一人、また一人とお屋敷を去ってゆきました。

椎名様は、もう一度きちんと絵を学びたいと美術学校へ戻ってゆかれました。今度は日本画を一からやるのだと話されていました。

永慶様は、椎名様を見送ったあとも、黙々とお屋敷の下働きをこなしていましたが、その顔付きはかつての迷いと苦渋に満ちたものではなく、穏やかですっきりしたものでした。

誰もが、永慶様の旅立ちが近いことを感じていたと思います。

時折、村外れで一人歩いている永慶様を見掛けるたびに、私は聡子様の切ない気持ちを思い出すのでした。永慶様のほうでも、もうこの世にはいない聡子様のことを考えていたのではないでしょうか。

ある日とうとう、永慶様は意を決した表情で挨拶《あいさつ》に回って来られました。お屋敷の方々も、村人たちも、言葉少なにこれからの人生を励ましました。

わたくしにも、まだ何かができるように思えます。わたくしを必要としてくださる方が、どこかにいるような気がするのです。わたくしは、これからまだまだ腕を磨き、多くのものを彫らなければなりません。そうしなければならない、とここ数週間わたくしの心に話しかける声が聞こえるのです。

みんながひっそりと永慶様を見送りました。

ある寒い朝早く、永慶様は一人お屋敷を出ました。みんなが遠くから見守っていましたが、永慶様がそれを望んだので、誰も見送りをしませんでした。

　永慶様は、お屋敷に深く一礼してから、静かに村を去ってゆきました。


池端先生は、椎名様と永慶様がいなくなってから、いっそう研究に熱心になりました。例の自動兵士の開発のために、昼も夜もなく何やら実験を繰り返しています。ところがある日、血相を変えた新吉さんがうちの医院に飛び込んできました。田圃で実験をしていた池端先生が倒れたというのです。

先生は自作の自動兵士を苦労して引きずってゆき、歩けるようにする実験を行っていたのですが、寒い吹き曝《さら》しの田圃の中で長時間動き回ったためか、急に気を失って倒れてしまったのです。

遊びに来た子供たちが倒れている池端先生を見つけて知らせてくれたのですが、新吉さんらお屋敷の男衆やうちの父が駆け付けた時には、既にことときれていました。

池端先生は、自動兵士を抱き抱えるようにして倒れていたそうです。苦しんだ様子もなく、お顔はとても穏やかだったと父に聞かされました。

　新吉さんが「せんせ、せんせ」と呟きながらボロボロ泣いていました。普段は意地悪なことばかり言っていたようですが、突飛なことをしてあちこちに現れ、賑《にぎ》やかにする池端先生のことが好きだったのです。

こうして、いちばん長く滞在していたお屋敷の客人がいなくなってしまいました。

そして、初雪が降った日のことです。

彼らが旅立つ日がやってきました。

私は、天聴館の窓が全部開け放たれているのを見て、ついにその日が来たことを知りました。彼らが荷物をまとめているのが目に入り、胸がずきんと痛みました。椎名様や永慶様の時にはこんな気持ちにはなりませんでした。自分の一部がもぎ取られるような、こんな痛みはこれまで感じたことがありません。

実は、私は心のどこかでこの日が来ることを恐れていました。この日が来ることを知っていたはずなのに、この日が来ることはないと思い込もうとしていたのです。

言葉はよく交わしていましたし、いろいろと関わる機会はありましたが、結局私たちに彼らのことはよく分かりませんでした。

彼らはいつも私たちと距離を置いていました。静かに礼儀正しく、私たちの村に溶け込んではいましたが、それでいて彼らはいつも少し遠くにいたのです。

けれど、私はそれで満足でした。近くに彼らがいる、そのことだけでとても安心できたのです。彼らが全てを見ていてくれる、全てを覚えていてくれる。それだけで私は安堵することができたのです。

あの聡子様の葬儀以来、村人たちも私と同じような気持ちでいることを感じていました。彼らが思いを残していてくれる。みんなの思いを繋げてくれる。そう思える存在を持てることが、どんなにも心をなごませるものか分かったのです。

彼らの出発は急でした。噂を聞きつけてあちこちから村人が集まってきました。荷造りを手伝う者、その荷造りを見ながらこれからの予定を尋ねる者、なんとか説得して村に残ることを勧める者などさまざまです。

しかし、その一方で誰もが知っていました。

彼らが旅に生きる一族であることを。また、彼らが旅に生きる一族であるからこそ、我々は彼らに思いを託せるのだと。いつも彼らがどこかで旅をしていると考えることが我々の心のよりどころになるのだと。

「峰子さん、僕たち、行くんだ」

天聴館を遠巻きにしていた私に気付いて、玄関で片付けをしていた光比古さんがぱたぱたと駆けてきました。

その屈託のない大きな瞳を見ているうちに、本当に彼らは行ってしまうのだという淋しさが込み上げてきました。

「今度はどこへ行くの？　近くなんでしょ？」

私は弱々しく尋ねました。この時私が感じていた心細さはうまく説明することができません。

「さあ。知らない。あの山を越えて遠くらしいよ」

「あの山」

私は雪化粧している蔵王を見上げました。白い頂きが冬の太陽に輝いています。行ってしまう。彼らは本当に行ってしまうのだ。

私は焦燥に駆られました。

「でもまた来てくれるんでしょう？　次の夏にはまたここにいるんでしょう？」

そう早口で言うと、光比古さんは困ったような顔になりました。

「分からないや。またいつかきっと来るとは思うけど」

口ごもる光比古さんを見ているうちに、ますます不安は大きくなりました。置いていかれてしまう。彼らは私を見捨てるのだ。

知らず知らずのうちにぽろりと尋ねていました。

「あなたたちは、だれ？」

光比古さんはきょとんと私の顔を見ました。私の質問の意味が分からないのでしょう。実際、私にもなぜそんなことをきいたのか分かりませんでした。

が、光比古さんは小さく頷き、にこっと笑いました。

「僕たちは、峰子さんさ」

「え？」

今度は私が面食らう番でした。光比古さんは言葉を続けます。

「というか、みんななんだ。僕たちは、みんなの一部なんだよ。みんなの一部が僕たちなんだ。みんなが持ってる部分部分を集めたのが僕たちなんだって」

その言葉から、それが葉太郎様の言葉の受け売りなのだと分かりました。葉太郎様は、いつもそう彼に話しているのでしょう。

私は光比古さんの顔を見ました。

「みんながいろいろ言うよ。僕たちは変わっているとか、みんなとは違うって。確かに僕たちにはみんなと違うところがあるように見えるけど」

光比古さんは熱心な口調で言いました。

「でも、みんなもかつてはこうだったんだ。僕たちは古い人間なのかもしれないね」

「そんな。あんな不思議なちからを持っているのに」

私はほんの少し意地悪な気分になって呟きました。

そんなことを言っても、やはり私たちを置いていってしまうのだ。

「別に不思議じゃないよ。本当はみんな持ってるちからなんだ。聡子様だって持ってた」

「私には、そんなものはないわ」

そう私が呟くと、光比古さんはじっと私の顔を見ました。

「そんなことないよ」

短くそう答え、光比古さんは歩き出そうとしました。思わず「待って」と口にしそうになります。私がそう言う前に、光比古さんは立ち止まり、こちらを振り返って言いました。

「この国で生きていくことを決めた時から、僕たちはみんなを『しまう』ようになったんだ。みんなの思いをこの先のこの国に役立てるために。僕は、自分の一族に生まれついたことや、この生活を後悔してないよ」

光比古さんの言葉がなぜか胸に突き刺さりました。そのような大きなこと、立派なことをこれまで考えたことなどあったでしょうか。いつも自分のことしか考えていなかった私に。

「峰子さんだって、同じだよ。みんな一緒に作っていくんだよ。そうでしょう」

彼と交わした最後の言葉は、私に対する問い掛けでした。私は、天聴館に戻っていく彼の背中を見ながら、彼から受け取った言葉の意味をぼんやりと考えていました。


そして、彼らは旅立ちました。

来た時のように淡々と。少ない荷物をこぢんまりとまとめて、当たり前の顔をして去ってゆきました。

みんなの心をそっと撫でて。私の幸せな少女時代を連れて。

私は、また、うとうとと聡子様の夢を見ていたことに気付き、暗い部屋の中で起き上がりました。

最近よく見る夢です。聡子様が私を呼ぶ夢。二人で田圃の畔道を歩く夢。夢の中の聡子様と私はちっとも成長していません。いつも幼い少女のままで、楽しそうに笑っています。夢の中の二人の少女の前には、一緒に女学校に通う未来が待っています。二人の未来はきらきらと輝いています。

私は、夢の中にまだ半分心を残しながら、和紙に包んで枕元《まくらもと》に置いておくのが癖になった古いノートをそっと撫でました。

私の『蒲公英草紙《たんぽぽそうし》』は、空襲でほとんどが焼けてしまいました。残っているのはこの一冊だけです。

身体が重いのに驚きます。夢の中では元気な少女だっただけに、こうして夢から覚めてみると自分がおばあさんであることに驚くのです。

辺りはひっそりと静まり返っていました。夏の夕暮れの光が、ぎらぎらと何もない庭を照らしています。

力のない赤ん坊の泣き声が聞こえてきます。下の娘が奥の部屋であやしているのですが、食べるものもなく、お乳もほとんど出ないのです。夫が戦死したという知らせを聞いて、娘はもう生きていく希望をなくしてしまっているのです。日に日に痩《や》せ衰え、子供を抱くのもままならないのですが、やはり弱っている私が慰めても、どうすることもできません。それに、私自身が娘を慰める言葉を失っていたのです。

私はそっと夕焼けの中に歩き出しました。

恐ろしいような夕焼けでした。空襲の空のように毒々しい色でしたが、もう空襲がないというのが信じられないような心地がしました。あの怯えた夜、心を引き裂くような音で埋め尽くされる夜がもう来ないなんて、本当なのでしょうか。

日本は露西亜《ロシア》と戦争をし、中国と戦争をし、亜米利加《アメリカ》と戦争をしたのです。長い長い戦争の日々でした。いつもどこかで誰かが誰かを殺していました。いっぺんにたくさんのひとが死ぬようになり、そのことにすら慣れてゆきました。

働き盛りの息子たちは、皆遠くの戦地へ送られました。上の息子が緬甸《ビルマ》で死に、下の息子は全く消息がつかめていません。

技術者だった夫は、大和《やまと》に乗ったまま敵艦隊とまみえることなく海に沈みました。文字通り、海の藻屑《もくず》となったのです。

お屋敷の方々はどうなったのでしょう。夫の転勤で東京に来てからというもの、槙村とは疎遠になっていました。露西亜との戦争が始まった時、教師になっていた伊藤新太郎さんは自ら志願して陸軍に入られました。貴子様が泣いて止めるのも聞かずに大陸に送られ、旅順で戦死したという知らせが入りましたが、結局骨も遺品も見つかっていないそうです。そののち、風の便りに、清隆様が病気で亡くなったと聞き、政治家を志していた廣隆様が呼び戻されたと聞きました。けれど、中国との戦争が始まり戦火が拡大するにつれ、お屋敷の人たちも次々と戦地に送られ、村はすっかり寂れてしまったと聞きます。あれだけみんなで守ってきた槙村なのに。聡子様が見守ってくれているはずの槙村なのに。

赤ん坊が泣いています。

数日前に、広島と長崎に立て続けに落とされた新型爆弾は、町を根こそぎなくしてしまったそうです。市民のほとんどが死に絶え、毒がばらまかれて、今後五十年は草も生えないだろうと噂されていました。

そっと重い身体を動かし、夕焼けの中を歩いてみます。

あちこちに呆然《ぼうぜん》と座り込んでいる人達の姿が見えます。

今日、私は、そしてみんなも、初めて陛下のお声を聞きました。みんなでじっと地面を見つめて、身動きもせずにそのお声を聞いたのです。

空は澄み切って高く、よく晴れた一日が終わろうとしています。

彼らはどこにいるのだろう。私は光比古さんの大きな瞳を思い出していました。

彼らは今、どこにいて、どんな気持ちであの陛下のお声を聞いたのだろう。

私は今、とても光比古さんに会いたくてたまりません。今こそ彼に会いたいのです。

今でも私ははっきりと思い出すことができます。新しい世紀、海の向こうのにゅう・せんちゅりぃに胸を躍らせていた多くの人々を。私たちの国は、輝かしい未来に向かって漕《こ》ぎだしたはずだったのです。けれど、日本は負けました。夫も、息子も、孫の父親も死にました。残っているのは飢えた女子供ばかりです。これからも日本は続くのでしょうか。この国は明日も続いていくのでしょうか。これからは新しい、素晴らしい国になるのでしょうか。私たちが作っていくはずの国が本当にあるのでしょうか。

私は光比古さんに会いたくてたまりません。あの時、光比古さんが私にした問い掛けを、今度は彼にしたいのです。彼らが、そして私たちが、これからこの国を作っていくことができるのか、それだけの価値のある国なのかどうかを彼に尋ねてみたいのです。

解説

新井素子

たんぽぽそうし。

漢字の『蒲公英草紙』も雰囲気があるけれど、ひらがなで書くと、また格別。なんかこう、全体に、やわらかくて、ふわふわして、そよ風にふっと舞い上がる感じ。

春、暖かくなってくると、地面の上にぎざぎざの葉っぱがどこからともなく現れだし、やがて、すっと、茎が伸びる。黄色い、ちっちゃな、可愛い花が咲き乱れ、あたりには紋白蝶。ふと気がつくと、黄色い花の群舞は、白い和毛《にこげ》の集団になり、春風が吹くごとに、空を舞う。

ほんとにそんなトーンで始まるお話だ。

舞台は〝にゅう・せんちゅりぃ〟(って、二十世紀初頭ですよ、二十一世紀じゃなくて)の田舎の農村。これがもう、なんか、絵に描いたような、〝古きよき日本の農村〟風景なのだ。村の中心には、代々続く〝槇村のお屋敷〟があり、見た目は厳《いか》めしいけれど、いつも気さくに声をかけてくれる旦那様、幼い頃を東京ですごし、垢抜けてきっぷのよい奥様、そして五人のお子様達が住んでいる。村の生活は、そんな〝お屋敷〟を中心に進み、とりたてて詳述されることはないけれど、淡々と描かれる、お屋敷の人々を慕う村人達の様子、村をさりげなく守るお屋敷の様は、ほんっとに、イメージの中の、優しい日本の農村共同体そのもの。

ただ、お屋敷の末娘・聡子様は、生まれつき体が弱く、学校にも行けない。そこで、主人公である峰子が、聡子様のお話相手として、お屋敷に通うことになる。『蒲公英草紙』は、そんな峰子がつけている日記。

その日記の中は、とても居心地のよい世界だ。品のよい文章、どこまでも優しい世界。それは、とりすました上品さじゃなくて……素直に育った子供が、まだ〝娘〟ではない、〝子供〟の視点で、様々なものを見聞きし、衒《てら》いもなくすらっと書いているから現れる品のよさ。品というのは、知識でも教養でもなく、人間性なのだなって判らせるような、品のよさ。

実際、描かれているエピソードは、実にたのしげで優しい。

いつものようにお屋敷に伺うと、ちょうど聡子様のお薬の時間にあたってしまった峰子。縁側で、昼寝をしている二匹の猫を見ながら、綾取りをして待つ。猫の名前は、〝きなこ〟と〝しじみ〟。ぽかぽかした縁側でまるまっている〝きなこ〟は、ほんとに黄粉餅のようだなあって思っていると、人の気配。それは、お屋敷のお客様の椎名様で、洋行して洋画を学ばれた人だった。彼は縁側で猫と一緒に綾取りをしていた峰子の姿をスケッチしていたのだ。

初めてスケッチを見て、「私はびっくりして何も言えませんでした。その絵は、私がそれまでに知っていた絵とは違っていたからです。（中略）怖いくらいに本物みたいでした。黒いあっさりした線だけで描かれているにもかかわらず、絵から立ち上がって飛び出してくるような。」と書かれる『蒲公英草紙』。

また、ある日は、お屋敷にゆくと、いきなり頭上から声をかけられ、慌てて上を見ると、何故か銀杏《いちょう》の木の上に老人がいて、次の瞬間、ふってくる板の塊。同時に老人の姿も木から離れ、落ちる！と目を覆った峰子の前に……いつまでも落ちてこない人。恐る恐る目をあけると、立派な髭の洋装の老人が、銀杏の木に命綱でぶらさがりながらも、「風車が、風車が」ってわめいている。

これは、やっぱりお屋敷のお客様の池端先生で、列強に負けぬよう、日々珍妙な発明を繰り返して（は、失敗して）いる人。

唯一、峰子が、辛くって泣いてしまったり、二度とこんなところに来るもんかって思ってしまう、お屋敷の次男、廣隆様にまつわるエピソードも（カエルをぶつけられたり、犬をけしかけられたり）、峰子は多分本当に嫌だったんだろうけれど、蒲公英草紙からふっと目をあげ、読者視点で考えると、「なんだ、廣隆くん、峰子ちゃんが好きなだけだよ、駄目だな、この年頃の男の子は。こんなことやっても、気なんか全然ひけなくて、峰子ちゃんに嫌われちゃうよ」っていうのが丸判りで、微笑ましいやら可愛らしいやら。

そして、何より。お話相手の聡子様。峰子はあっという間に聡子様に惹かれてゆき……聡子様のエピソードは、とりあえず読んでもらうことにして、ここでは書かないけれど、ほんとに、何ていうか……憧れの、少女時代、一幅の絵。

この本の読者は、間違いなく峰子より聡子様より年上だろうけれど（それに、女性とは限っていないけれど）、自分が少女時代、こんなお友達と、こんな、世界ですごせたら。

大人になって振り返った時、ある意味理想になるような、美しい、りんとした、とても優しい『蒲公英草紙』の世界。

ところで、このお話は、同時に『常野物語』という作品世界の一部をなしている。〝常野〟と呼ばれる、一種の超常能力を持った一族を扱ったシリーズ。（他に『光の帝国』『エンド・ゲーム』。）

『蒲公英草紙』にも、〝しまえる〟能力を持った春田一家が現れて、お屋敷のはずれの洋館に住むようになる。この一家には、峰子や聡子様とそんなに年が離れていない姉弟がいて、二人はこの姉弟に興味を持つんだけれど、健康上の理由でお屋敷から出られない聡子様は、当然のこと、この二人と接触を持つ機会がない。

峰子を間にはさんで、交差することのないまましばらく、聡子様のエピソードと姉弟のエピソードが続き……でも。

春田一家が現れた頃から、微妙に、お話は、転回点を迎える。


いえ、それは、春田一家のせいではない。

とっても当たり前だけれど、聡子様の時間が流れだすのだ。

ずっと寝たきりに近く、学校にもいけなかった聡子様。

それが、峰子という話相手が現れたことにより、徐々に外の世界と接点を持ち、多少なりとも健康を取り戻し、ほんの少しずつ、少しずつ、お屋敷の外にでることもできるようになり……。

本当に、幸せな瞬間を切り取った、美しい絵は、とまっている時にしか存在しない。

やがて、聡子様は成長してゆく。りんとした強さはそのままでも、憧れる人を持つむすめに。

また、廣隆様だって、いつまでも好きな女の子にカエルをなげつけるやんちゃ坊主じゃなくなってくるし、峰子もいつまでも子供でいることはできない。

世界は相変わらず、美しくって優しいのに。誰一人として変わってしまった訳ではないのに。なんで普通に生活していると、他人の過去の事情だとか、様々な思いだのが、聞こえてきてしまうのだろう。なんで、やっと外に出ることができ、小川や木洩れ日なんかを楽しめるようになった聡子様は、「みんなあんなに働いているのに、聡子は何もしてないね」ってことに、気づかなきゃいけないんだろう。

誰が悪いって訳でもないのに。当たり前のことではあるけど。

たんぽぽそうし。

ひらがなで書くと、ほんとにふんわりと、春風に舞い上がってしまいそうなタイトルで、このお話の冒頭はまさにそうなのに、でも、やっぱりこれは、『蒲公英草紙』だ。きっちりと、漢字で。

この作者の別の作品の中に、こんなエピソードがでてくる。登場人物が、ＮＨＫの『ビッグ・ショー』って番組の再放送を見たのね。それで、こんな台詞。

「よくテレビのコンサートって観客の表情も映すでしょう。山口百恵の引退する直前の頃だから、お客も老若男女、あらゆる年齢層の観客がいるわけですよ。ショックだったのは、その観客がみんな、すごくきれいな顔してるんですよね。清潔で前向きで、自分の人生を恥じていないっていう顔。日本人って、ちょっと前まではみんなこんな顔だったんだなあって」（『二つの茶碗』）

『蒲公英草紙』の登場人物は、多分、みんな、そんな顔をしている。清潔で、前向き、自分の人生を恥じていない。

だけど、ああ、にゅう・せんちゅりぃ。

また、『蒲公英草紙』の冒頭は。

「いつの世も、新しいものは船の漕ぎだす海原に似ているように思います。」

漕ぎだしていった、清潔で前向き、自分の人生を恥じていない人々が、どこにたどり着いたか、それを思うと、とても切ない。

引用文献

「古今和歌集　日本古典文学大系8」岩波書店
「萬葉集　二　日本古典文学大系5」岩波書店

この作品は二〇〇五年六月、集英社より刊行されました。

集英社文庫　目録（日本文学）

小野一光　震災風俗嬢
小野正嗣　残された者たち
恩田陸　光の帝国　常野物語
恩田陸　ネバーランド
恩田陸　ねじの回転（上）（下）　FEBRUARY MOMENT
恩田陸　蒲公英《たんぽぽ》草紙　常野物語
恩田陸　エンド・ゲーム　常野物語
恩田陸　蛇行する川のほとり
開高健　オーパ！
開高健　風に訊け
開高健　オーパ、オーパ!!　アラスカ・カナダ　カリフォルニア篇
開高健　オーパ、オーパ!!　アラスカ至上篇　コスタリカ篇
開高健　オーパ、オーパ!!　モンゴル・中国篇　スリランカ篇
開高健　知的な痴的な教養講座
開高健　風に訊け　ザ・ラスト
開高健　青い月曜日

海道龍一朗　華、散りゆけど　真田幸村　連戦記
海道龍一朗　早雲立志伝
加賀乙彦・津村節子　愛する伴侶《ひと》を失って
垣根涼介　月は怒らない
柿木奈子　さいはてにて　やさしい香りと待ちながら
角田光代　みどりの月
角田光代・佐内正史　だれかのことを強く思ってみたかった
角田光代　マザコン
角田光代　三月の招待状
角田光代・松尾たいこ　なくしたものたちの国
角田光代他　チーズと塩と豆と
角幡唯介　空白の五マイル　チベット、世界最大のツアンポー峡谷に挑む
角幡唯介　雪男は向こうからやって来た
角幡唯介　アグルーカの行方　129人全員死亡、フランクリン隊が見た北極
角幡唯介　旅人の表現術
梶よう子　柿のへた　御薬園同心　水上草介

梶よう子　お伊勢ものがたり　親子三代道中記
梶よう子　桃のひこばえ　御薬園同心　水上草介
梶よう子　花しぐれ　御薬園同心　水上草介
梶井基次郎　檸檬
梶山季之　赤いダイヤ（上）（下）
片野ゆか　ポチのひみつ
片野ゆか　ゼロ！　熊本市動物愛護センター10年の闘い
片野ゆか　動物翻訳家　心の声をキャッチする、飼育員のリアルストーリー
かたやま和華　猫の手、貸します　猫の手屋繁盛記
かたやま和華　化け猫、まかり通る　猫の手屋繁盛記
かたやま和華　大あくびして、猫の恋　猫の手屋繁盛記
かたやま和華　されど、化け猫は踊る　猫の手屋繁盛記
かたやま和華　笑う猫には、福来《きた》る　猫の手屋繁盛記
かたやま和華　ご存じ、白猫ざむらい　猫の手屋繁盛記
加藤元　四百三十円の神様
加藤千恵　ハニー　ビター　ハニー

集英社文庫　目録（日本文学）

集英社文庫　目録（日本文学）

神永学　浮雲心霊奇譚　白蛇《はくじゃ》の理
加門七海　うわさの神仏　日本闇世界めぐり
加門七海　うわさの神仏　其ノ二　あやし紀行
加門七海　うわさの神仏　其ノ三　江戸TOKYO陰陽百景
加門七海　うわさの人物　神霊と生きる人々
加門七海　怪のはなし
加門七海　猫怪々
加門七海　霊能動物館
香山リカ　NANA恋愛勝利学
香山リカ　言葉のチカラ
香山リカ　女は男をどう見抜くのか
川上健一　宇宙のウインブルドン
川上健一　雨鱒の川
川上健一　ららのいた夏
川上健一　翼はいつまでも
川上健一　四月になれば彼女は
川上健一　渾身
川上弘美　風花
川上弘美　東京日記1＋2　卵一個ぶんのお祝い。／ほかに踊りを知らない。
川西政明　決定版評伝　渡辺淳一
川端康成　伊豆の踊子
川端裕人　銀河のワールドカップ
川端裕人　今ここにいるぼくらは
川端裕人　風のダンデライオン　銀河のワールドカップ　ガールズ
川端裕人　雲の王
川端裕人・三島和夫　8時間睡眠のウソ。　日本人の眠り、8つの新常識
川端裕人　天空の約束
川村二郎　孤高　国語学者大野晋の生涯
川本三郎　小説を、映画を、鉄道が走る
姜尚中　在日
姜尚中・森達也　戦争の世紀を超えて　その場所で語られるべき戦争の記憶がある
姜尚中　母―オモニ―
姜尚中　心
神田茜　ぼくの守る星
神田茜　母のあしおと
木内昇　新選組　幕末の青嵐
木内昇　新選組裏表《うらうえ》録　地虫鳴く
木内昇　漂砂のうたう
木内昇　櫛《くし》挽《ひき》道《ち》守《もり》
木内昇　みちくさ道中
岸本裕紀子　定年女子
岸本裕紀子　これからの仕事、生活、やりたいこと
岸本裕紀子　定年女子　60を過ぎて働くということ
喜多喜久　真夏の異邦人　超常現象研究会のフィールドワーク
喜多喜久　リケコイ。
喜多喜久　マダラ　死を呼ぶ悪魔のアプリ
北杜夫　船乗りクプクプの冒険
北大路公子　石の裏にも三年　キミコのダンゴ虫的日常
北大路公子　晴れても雪でも　キミコのダンゴ虫的日常

集英社文庫　目録（日本文学）

北大路公子　いやよいやよも旅のうち
北方謙三　逃《の》がれの街
北方謙三　弔鐘《ちょうしょう》はるかなり
北方謙三　第二誕生日
北方謙三　眠りなき夜
北方謙三　逢うには、遠すぎる
北方謙三　檻《おり》
北方謙三　あれは幻の旗だったのか
北方謙三　渇きの街
北方謙三　牙
北方謙三　危険な夏—挑戦Ⅰ
北方謙三　冬の狼—挑戦Ⅱ
北方謙三　風の聖衣—挑戦Ⅲ
北方謙三　風群の荒野—挑戦Ⅳ
北方謙三　いつか友よ—挑戦Ⅴ
北方謙三　愛《いと》しき女たちへ

北方謙三　傷痕　老犬シリーズⅠ
北方謙三　風葬　老犬シリーズⅡ
北方謙三　望郷　老犬シリーズⅢ
北方謙三　破軍の星
北方謙三　群青　神尾シリーズⅠ
北方謙三　灼光　神尾シリーズⅡ
北方謙三　炎天　神尾シリーズⅢ
北方謙三　流塵　神尾シリーズⅣ
北方謙三　林蔵の貌《かお》(上)(下)
北方謙三　そして彼が死んだ
北方謙三　波《は》王《おう》の秋《とき》
北方謙三　明るい街へ
北方謙三　彼が狼だった日
北方謙三　罅《ひび》・街の詩《うた》
北方謙三　皸《ひび》・別れの稼業
北方謙三　草《そう》莽《もう》枯れ行く

北方謙三　風裂　神尾シリーズⅤ
北方謙三　風待ちの港で
北方謙三　海嶺　神尾シリーズⅥ
北方謙三　雨は心だけ濡らす
北方謙三　風の中の女
北方謙三　水滸伝一〜十九
北方謙三・編著　替天行道—北方水滸伝読本
北方謙三　魂の岸辺
北方謙三　棒の哀しみ
北方謙三　君に訣別の時を
北方謙三　楊令伝一　玄旗の章
北方謙三　楊令伝二　辺烽の章
北方謙三　楊令伝三　盤紆の章
北方謙三　楊令伝四　雷霆の章
北方謙三　楊令伝五　猩紅の章
北方謙三　楊令伝六　徂征の章

集英社文庫

蒲公英草紙《たんぽぽそうし》 常野物語《とこのものがたり》

2008年5月25日 第1刷
2020年6月6日 第14刷

定価はカバーに表示してあります。

著　者　恩田《おんだ》 陸《りく》

発行者　徳永　真

発行所　株式会社 集英社
東京都千代田区一ツ橋2-5-10　〒101-8050
電話　【編集部】03-3230-6095
【読者係】03-3230-6080
【販売部】03-3230-6393（書店専用）

印　刷　大日本印刷株式会社

製　本　大日本印刷株式会社

フォーマットデザイン　アリヤマデザインストア　　マークデザイン　居山浩二

ISBN978-4-08-746294-4 C0193